重郎文庫 10

蒙疆

新学社

装丁　水木　奏
カバー書　保田與重郎
文庫マーク　河井寛次郎

目次

蒙疆

使用テキスト　保田與重郎全集第十六巻（講談社刊）

昭和の精神　序に代へて

大正天皇の御大葬の御時、中學生であつた私はその遙拜式に大和橿原の近くの畝傍中學の校庭で參列した。大正天皇の御世が、我國史に於ても稀な平和と隆盛の時代であつたことは、今から考へてもありがたいことである。その御世の征戰さへ國史上に比すべきもののないほどに和やかな戰ひであつた。無爲にして隆盛を加へた大御世であつた。しかし昭和になつて時代は變化した。昭和といふ字が既に古典的であると、我々田舍の中學生は、その改元のことばが發布されたころに、感じ合つてゐたことを私ははつきり今も憶えてゐる。

昭和の精神といふ題目は、私に與へられた課題である。明治の精神といふのはふさはしいことばである。大正の精神といへば少しをかしい。その次の昭和の精神は、――もしも我等の同胞が、今日支那大陸にその遠征の軍を、大君の敕のまにまに進めてゐない日なら、このことばも少しをかしいかもしれない。明治には精神があつたのである。それは、若い勇しい雄々しい、さうしてまだ變貌されない原始であつた。我國の獨立と開國を同時に踏み進んだ精神であつた。さて、大正の御世に成長し、昭和に世間を知つた我々今日の青年に、昭和の精神の萌芽を語ることは娯しいのである。それは未だ開花せぬ、未だ成熟せぬ、未だ變貌してゐない、いはば豫言的雰圍氣だけをただよはして、今日の青年の變革的な氣質と氣分の存在としてあるものである。

正しくいへばそれはまだ精神と稱されぬだらう。それゆゑどんなに青年を輕蔑する人々のまへにもそれは確然と守られるのである。今日の青年の無力を語ることが、さき頃の一時に、今日の文筆業者の衣食の代となつたことがあつた。しかし、すでに今日我等の同胞の青年は、未曾有の聖戰と曠古の外征に、誇らしい勇氣を以て、我々のアジアの父祖の名譽の祈念を卽身實踐しつゝある。それが無力の青年に果して可能であらうか。今日我々の周圍には新しい日本の文化が、我々の手で起りつゝある。それらは無力な青年に可能であらうか。しかし我らの世代の未だ成熟せぬ精神は、その故に一そうその名に價ひするものは、やはり今日豫言者的性質を以て、有名をもたず、地位をもたず、たゞ變革の雰圍氣をただよはせて、一箇の氣分のごとく、しかも明かな希望として、我らの周圍に存在するのである。

日本の獨立が、今やアジアの獨立へとその一步の前進が劃せられつゝあるのである。そのことは文化史的には、世界文化の再建である。舊世界文化から締め出されてゐたアジアの文化と精神と叡智を主張することは、新日本の使命である。こゝでこの未曾有に世界史的な一步の前進のために我々の同胞の青年たる兵士も百姓も讀書人もすべて一團となつた。

今日の精神はしかし曖昧で漠然で未形で、さうしてそのため力強いのである。それらは普通の分析的統計的批評に耐へないであらう。その代りそれらのどんな否定にも破れず傷められないであらう。何となれば普通の分析的批評の方法、一般理論による分析の方法は、それのよつて立つシステムの中に、この新しく、若く、生れつゝある、雄々しい、形定まらぬ精神の狀態を定め得ないからである。彼らは己らのシステムの言葉を、この新しい世界と精神の相の部分にあてはめ、その古き言葉を古きシステムの中で否定しうるにすぎない。

古い理論に對し、一つの正氣が、萬象に顯現しつゝある事情である。野戰の戰場にあらはれて無名の兵士の肉身によつて描かれた詩――かゝる正氣は、藝能の士の手によつて始めて文字の歌となつた。文化の世界にあらはれた正氣もその事情に變りないのである。その正氣が住所を定めたとき、もう精神は形式となるだらう。しかし今日は精神が再び形式を離れて天地の間に彷徨し出した稀有の日である。

一般に昭和といふ時代は變革の時代である。大正でない如く明治でもない。行爲が變革を専らイデーとした時代である。最も日本的なものの一つなる轉向も亦、變革のイロニー的存在である。その變革は明治の精神よりずつと開放されてゐた。大正の狀態よりずつと精神である。いはば大正は持續と擴大をもちつゝも、何もかもが二代目の頽敗であつた。つまり狀態の時代であり、思考の放埒も頽廢も規模に於て合理的であつた。大正を象徴する最も偉大な三箇の文化をかりに數へて、原敬、菊池寛、河合榮治郎とあげるなら、これらの尊重すべき意志には、一般に精神が稀薄なのである。河合教授の昭和時代にうけた待遇――かつて左翼の日に左翼からうけた待遇と、今日のそれとの間に變りのないことは、この間の事情を示すのである。大正のイデーとした「狀態」と、昭和のイデーとする「變革」は、つねに反撥する。左右の觀念的對立よりも、私はその對立よりも民族の時代氣質の相の方を重視したい、左右對立の理論よりも強く、時代そのものの性格が「變革」である。私は最も日本的な轉向を倫理的弱點とも意志的弱點とも言はない。

もし轉向が強ひられたゆゑの意志的な敗北の結果であるか、あるひは理論的な訂正であるかを決定する必要があるといへば、この考へ方はそのものとしても時代の精神を規定する上で誤謬である。大正的「狀態」に立場をおく人々は、かかる見地で轉向を論じようとした。しかし時代の精神はかかる設問を設ける世界と別の世界を流れて、變革と轉向をこの時代のイロニーとしてゐるのである。

かりに我らの日の精神の象徵を求めるとすれば、イロニーとしての戰爭と平和である。それは同一のものに他ならなかつた。これらを止揚することばを考へる閑暇は、けふの從軍記者は持たないのである。考へない又持たないのが當然である。大正の象徵としての三者に、私は例として、原敬と菊池寛と河合榮治郎をあげたのである。これに相當する如き現代の象徵といへば、はつきり云ふ、それは未だない。强ひて求むれば杭州灣上陸や渡洋爆擊隊など、あるひは片翼渡洋歸還の串本機や、榊原中佐の如きを考へてもよい。これらに共通してゐるやうに、それ程、新しい精神はその現れのとき、既存のシステムによる理論的分析的批判の對象となり易い形式をあらはにしないのである。それは思惟の範疇を異にし、現象としては豫言的、神話的、雰圍氣的である。これらの戰場の花がすべて、絶望と確信と、頽廢と建設と、果敢と沈着と、破壞と防衛とのイロニーである。一行動は一狀態の作業でなくして、つねにイロニーであつた。われらの浪曼派のイロニーは今日一番露骨に表現されつゝある。

昭和といふ時代の「批評」はかくて、狀態の分析でなくなつた。傳説の解釋でなくなつた。新技巧文學の流れに、「末期の眼」をとく文學があらはれたのである。川端的存在が、さきの菊池的存在に對し一つの極を示すのである。以來この「批評」のない時代を、しかも人々は最も批評的な時代と語る、さらにかく語ることによつていさゝかの誤謬もないのである。

狀態の分析でなく、狀態の變貌が試みられねばならなくなつた。兩洋の區別づけは、兩洋の統一のイロニーとしてあらはれる必要がある。現に兩洋はさういふものである。今は一つのイロニーである。しかもこのイロニーを理解せぬところの舊時代的教養は、今日の新日本の青年の傾向を一種の鎖國と斷ずることによつて、國民大衆を僞瞞し、あはよくば自己の文筆業的市場を確保しようとした。しかし日本の國民とヂヤーナリズムと檢察官は、改めて文筆失業の狀態と部門にも變革を行ふことを意志して了つたのである。さて無常迅速は、日本の國史を眺めるとき、日本が興隆するときの國の性情であつた。偉大な悲哀と頽廢への情熱は今日の意味である。さうして日本の國民はこの方向に贊成してゐる。大陸征戰の結果、國民の空想力と構想力は増大した。この時代に於て創造力の衰退をいふものは、詩的天分のないものの告白に他ならない。今日の日本の行動は、十九世紀フランスの行動より規模に於て雄大である。かかる想像力は日本の舊來インテリゲンチヤに稀薄かもしれないが、國民大衆はすべてかくの如く信じてゐるのである。日本の今日の行動は十九世紀フランスの國民が、ヨーロツパの地圖の上に描き、世界史の上に描いた意味より遙かに雄大である。かくてこれは世界史上未曾有の雄大である。世界史上の文化的饗宴のなかで最大のものの地盤は、今日の日本人がまさに開拓しつゝある。今日の我國民の戰爭は、いはば未曾有の壯觀の約束である。兩洋文化の交流は二十世紀文化のイデーであつた。そしてこのイデーの唯一の實現者は、東方の日本である。何となればアジアに於て、日本はアジアの歴史的な唯一の防衛者であり、同時にヨーロツパの侵略に對するアジアの防衛者として開國文化の精神史を血で彩つたのも日本と日本人だけである。國民はこの世界文化の意味での日本の誇りから今度の戰爭を支持し、さらにわが兵士は大君の敕のまにまに、いさぎよい歴史的忠勇の諦觀を以て戰場に死んでゐる。かゝる雄大な叉壯大な精神風景は、明治の戰爭より決して意義少くはないのである。國民の想像力と叡智は戰爭をかくて支持する。この時想像力の衰へを嘆ずる如き輩はすでに日常よりその底邊の見えてゐた徒である。

霍亂をおそれてシステムの舊きを守る精神はこの時代に排斥される。批評は分析でなくして、霍亂者の注入といふことがその役目となつた。この時代のこの氣風はしかも國の精神史をすでに超越して、わが神話的な世界史への唯一の意志として、しかもそれがまさに行爲されつつあるのである。一切の舊來の倫理學的システムや國際法的システムは、この行爲のまへに無力と化した。

この行爲の事實は現狀の世界と秩序と論理の變革に他ならないいのである。

昭和の學生ほどに——この我國史と我らの子孫が光榮とする昭和の青年ほどに、變革の情熱に、純な良心を燃燒させた若者は古今東西に類比ないのである。かつて十九世紀のフランス市民が各個に於てギリシヤ的英雄であつた如く、昭和の日本國民は各個が神話的英雄である。我らは、十九世紀フランスより遙かに神話的である。その雄大の規模と果敢な勇氣と、清純の精神に於て、世界史上で最も神話的といふ呼び名に價する存在である。それゆゑ國民——わけて私の、現代日本に對する信賴は無限である。この昭和學生の優秀さは、すでに云ふ迄もなく大正學生の及ぶところでない。例へ彼らの現在の若干の者が白晝喫茶店から檢束されようと、それを以て彼らの時局認識の不足と私は信じないのである。彼らの絕望的頽廢は、戰場に於ける勇氣の證明となつても、その頽廢から卑怯は想像されないのである。この心境解釋は古い大人にわからずとも同時代の若者が保證する。さて昭和初年の學生の轉向は決して意志の薄弱が原因をしたのではない。彼らは一度も、その良心と純情の精神をすてたわけではない。現に彼らは、諸多の思想の頽敗を知り、その彼岸に日本とわが國體を發見したと云つたのである。このことは、彼らのかりそめの理論からの轉向であつて、變革の精神と矛盾するものではない。時代精神に比べるとき理論はまことかりそめのもの、無力のものにすぎない。わが國民は今や國體の考へと、わが父祖の古典神話の追想をもつて、日本の自分の力によつて、世界文化史の變革と建設を構想したのである。明治先賢の何人が、日本の世界文化史的使命を考へたかは、ほぼ想像できるところである。しかし何人の狂人が今日の國民の進みつゝある、世界文化史を變革する事實の行動を考へたかは、想像の範圍でない。

私は現代に生甲斐を感じてゐる。我々の光榮の父祖たちさへ經驗しなかつたこの世界史的壯擧へ、一大饗宴の序幕へと、我々の時代の國民は行進を行つてゐるのである。今後の民族もそれは再びし得ないことであらう。さうしてこれは世界に於て日本の現代だけが經驗し得る無比の光榮のことである。つひに我々の時代に於て、我々は高天原の神集ひや鳥見靈時の祭り場に我々の父祖が考へて天地神に祈り、無限の子孫に云ひ傳へ云ひ殘した神籬《ひもろぎ》の理想をあらはに間違ひなく、一歩は一歩より堅實に踏み行ひつゝあるのである。彌榮。

昭和十三年四月

慶州まで

大阪を發つ夜の久しぶりに美しい夜の町の景色に、私は充分の旅愁に似た思ひを味つたことだつた。この度の旅は佐藤春夫氏と同じく龍兒氏の三人づれ、大體朝鮮を通つて滿洲に出、北京へゆくといふ、大ざつぱなプランだけである。北京からの先をどうゆくかといふ案は誰にもなかつた。たゞ大同に行つて還りに熱河へ出ることまでは三人も考へてゐた。しかしこの行程はあとで私だけのものとなつたのである。一日の日はよい日和で、もう暑い程だつた、家のものと一緒にいつた料亭の隣部屋の男客が二人、半裸で酒をのんでゐる。それを見て私は少なからず暑さの思ひを切實にし、行かうとする旅先の暑さを怖れた程である。向うは暑いといふ話と寒いだらうといふ話と人にきく度にくひちがひがあるので、私はレインコートに冬シヤツの用意もしてゐた。五月一日の日である。一日の夜に同行の人にあふ豫定が、色々のいきさつでうまくゆかないで大阪に泊らねばならなかつた。その ために見た大阪の夜景はしかしゆくさきさきでつひに見られぬものだつた。尤も歸つてきた日の大阪の夜の美しさはさらに一きはだつた、しづかでおちついてゐたのである。人にきく迄きづかなかつたが、燈火管制でネオンサインがなくなつたからである。それは京都の町のやうだつた、京都の夜のよさを私はよく考へ、東京のそれと比較して理由をみいださうとしたものである。去年のある夜の防空演習のその第一日に、ネオンサインだけを消した東京の町を歩いて初めてその理由を合點したことがあつた、しかし大阪の町の夜の美しさは、つひに朝鮮でも滿洲でも見られなかつた。北京にもないことであつた。龍山のD氏の私邸の二階から見た京城の夜景の美しさも、事情のちがふことである。恐らく近代の文化は、その傳統の有無も夜の景觀に反映されることであらう。その近代の中に、傳統のありやなしやの反映は、夜の人種の描く誇りであらう。夜に描かれた文物と晝に描かれる文化との間には、千差萬別といふやうな語では云へない種類の差さへあるやうである。

支那の國家的な又は外交的、換言すればその專制者の修飾的文化、そのいはゞ表面上の誇示的文明は、大率晝に描かれた文化である。その夜の文物は、隱者や前朝の遺臣の形で表現された文明の方の底流のやうである。極めて大ざつぱな結論じみた云ひやうではあるが、私は萬壽山を見て限りない失望をし、現代の支那人をこゝで極端に輕蔑する一つの結論の傍證を作つたのである。廿世紀から展かれる世界は、もはや生活力の强さのみを以て、文明の摩擦のあはひに生存する生物を許容せぬ淸淨な世紀の世界となるであらう。我々は、國家と民族の理念と浪曼の間隙を住み渡つていつた生存力の如きを今後に怖れないのである。これは人類の一進歩の概念の現れであらう。その意味でも、私は今日、支那人の性格を根據とする文化的宣撫工作より、生々とした、又潑剌とした武力工作の今日の日本が示した如き理念そのまゝの尖鋭な現れを重んずるものである。今日の日本の行使した軍隊は日本の國體と民族の理念の表象に他ならぬからである。

しかしながら現代の專制勢力の新しいあらはれは、すべて畫に描かれた文物で表現されるのである。お隣りの蔣介石もその有數な世紀の傑作の一つである、スターリンの陰慘さへ、畫の言葉で描かれてゐるのである。まとめたい話は畫に初め、うちこぼちたい相談事は夜にするがよい。けふの世紀の文明はひるの言葉で描かれてゐる。日本の文藝もその流行面の作はみな畫の文物である。北支から蒙疆に行つて新しく改めて知つたことは、日本の偉大さや皇軍の光榮でない。それは云はずもがなのことであつたから、私はむしろあの支那人に理想を與へようとした蔣介石のえらさをはつきり知つたことであつた。それは我らが考へるより强力な精神の上の敵である。蔣介石を支持する外の力は怖れなくとも、彼を中心にする內の力は、宣撫すべきでなく碎破すべきであらう。それは歷史と神話の敎へる人類のもつ公理の一つである。

さて、日本の近代文化の底流をなした市民文藝が、夜の文物であつたことは、けふの日本のために幸か不幸か、などいふ表現をもうけふの私はせずに、あざやかに幸であつたと斷言するのである。それは東洋の印度にも支那にも、朝鮮にも又滿洲にも存在しなかつた。

一日は快晴だつたのに二日は朝から雨だつた。かなりひどい雨であつた。見送りにきてゐた家族の者と別れて、さて、神戶の驛でうまく同行の人にあへるだらうかと思つて少し不安であつた。偶然坐つた向ひの席の婦人客は、その樣子で戰死將校の遺族らしかつた。

一人の年稚い子供と赤兒をつれた若い落ついた未亡人である。泣きさけぶ兒を殆んどあやしもせず、あきらめたやうに手を拱いてゐるさまが、情景から切なく思はれた。みかねたやうに相客の老婦人が一方の子供の守りをひきうけてゐる。あとの我々の話ではきつと靖國神社の臨時招魂祭に上京した遺族の一人であらうといふことにした。あるひは長旅に倦んだためであらう、けれどその冷然とまで見える拱手のさまは、依然あはれなことを思はせた。私らのゆく旅のはじめの日にましてあはれな氣がした。

三宮驛ではげしい雨の中を、レインコートのえりを立て、まへかゞみに歩いてくる佐藤さんと、あとから入つて來た龍兒さんにあふことができて、それで一安心した。むかうでも昨夜はまつてゐられたよし、けさほども驛のあちこちをさがしてくれたさうであつた。とりとめない話をしてゐる間に車は進むが、雨はふりしきる一方である。同客の身分や何かゞ一わたり語られた。さうして恐らく東京より歸る遺族であらうといふことを、小説家の想像を交へて先生は精密に語られた。車中の人々の話題の多くが、戰死した子や兄弟のことに及んで語られてゐるといふこともすでにわかつた。

私らは、今日本が敢然として世紀の世界史を劃し、われらの民族の歷史を變革する大事業を行つてゐる北方に旅しようとしてゐるのである。しかもその私のゆくみちは、新しい世界文化の最初の交通路とならうとするみちである。わが大和民族が世界の異國と異民族に對して始めて示す浪曼的日本が、まづ拓く交通路をゆくのである。今は軍隊を逘るみちであるが、やがてはそれは世界の交通路となり、世界文化の一大變革の據點ともなる幹線である。その旅につく朝の門出に、そのみちを拓くために身を曠野にすてた人々の親しい肉親や、相愛の妻子と同じ客車にのることは、少なからず私の歌心をかりたてるほど、あはれなことであつた。陋巷の雑念の虜となつてゐた私にも、年ごろにない清淨の歌心に似たものを味ひ得た所以である。

昨年の初秋に紀の國を熊野に旅して、佐藤さんと同行したときのことを例にして、私との旅に、先生は雨が多いと語られるのであるが、その初秋はあたかも二百十日のあとさきで、むしろ私は旅立ちにめぐまれてゐる方であるが、けふは同行ともに罪多いわざのゆゑにか雨が激しい。語つてゐる間にも降り増すのである。

車中はむし暑かつた、それはもう夏である。下關で連絡船にのりかへると私は入浴したが、佐藤さんと龍兒さんは二人とも浴槽は船の動搖が標識されるといつて敬遠された。しかし船は雨のあとながら、海上穩かと見えて少しもゆれず、その夜は浴みしたおかげでむしろ早くから安眠し、翌朝は平常より爽快な氣持で釜山に上陸したのは、まづさきさちのよいと云ふ方であらう。空も晴れてゐる。僅か八時間あまりであるが、半島についた感じは、こゝからはもう北京まで陸つゞきだといふ、何ともいへずなつかしく力づよい安堵にさへ似た思ひだつた。その上に平穩な短時間の連絡船ではあるが、何か遠い所へのみちを思はせるのも、人工のきづいた國境の歴史のゆゑであらう。

この度北支から蒙疆に入り、包頭に行つて、歸途熱河に出たその四十日あまりの旅のうち、朝鮮は再遊の地である。きのふの如く思はれる慶州に行つたとき、指をくればもう數年の昔であつた。町は移り人も變つてゐたが、その古の舊都を語る諸々の遺物は一毛も變ることなく、以前の感趣を新しくし、或ひはかつて興を思はなかつたことを顧みさせる機緣となつたものも少なからずあつたことは、この上なくありがたい。釜山の記憶も衰へてゐたがその驛にくれば昔のまゝであるのもなつかしい。そのむかしの上陸第一歩の印象に異國の土の匂ひを感じたことは、今昔の感とも云ひたいほどで、それはまた再遊のためか、あるひは同行三人の心强さにもよるのであらうか。私が初めてこゝに上陸したのは、滿洲事變の起つた翌年の夏であつた。一月餘を鮮内に旅し、平壤まで行つて平安の諸古墳をあまねくたづねたりしたが、鴨綠江を渡るすべをなくしてひきかへしたのである。今年ゆく北支も、蘆溝橋に始めて事の起つてから、ほゞ一年目にあたる。時の國の事情を今に考へ合せると、こゝにも亦今昔の感にふかい。滿洲事變に於て比較的に冷靜であつたわが國の知識人は、今度の事變に於ては、第一等に第一番に動いた。それはそのかみの事變の結果に負ふことは云ふ迄もなく、今の情勢そのものは、そのかみの日の國の決意からひきつがれ生れたものであらう。しかしけふのわが國の眞の知識人がいだきおもつてゐる決意と精神は、一つの政權によつて作られたものでなく、一つの專制勢力によつて命ぜられたものでもない、われらの古い父祖が、われらの國の民族の、理念とし精神として、云ひつぎ語りつたへた理念のあらはれを敏感に感じ尖銳に享け、さうしてその行爲と表現に、われらの世界史的な光榮と誇りを感じたのである。さういふ表現は、われらの首相や將軍が敎書として表現するよりも、むしろ、われらの親しい同胞の兵士が、己の血と肉とを以て、しかもなつかしい形で表現したことは、無限にありがたいことである。そこにわれらの民族の精神と感情とが流動するからであつた。

數年の昔に、私はどうして遠い遙かな異境の感じを、こゝへの上陸第一歩に感じたのであらうか。私はもう今度の旅で深夜についた天津の第一夜に僅かにそれを感じた以外に、どこでもそれを思はなかつた。物語のやうな不知の包頭に行つても、祕境と云はれる熱河の承德に於ても、まして北京や張家口大同で感じる筈がなかつた。私は數年の昔を思つた、その間に伸び張つた日本の力は、異境や偏土をずん〳〵と北に追ひ、南に追つてゐるのである。大同から厚和（綏遠）に出、包頭へ行つて蒙古を流れる大黃河を渡つて了つた日本の軍隊は、さらに蘭州に出て赤色ルートを破壞するであらう。包頭の大黃河の砂塵の中に立ちつゝ、なほ私はそこを遠い朔北の偏土とは思へなかつた。包頭から黃河を渡ることは世の常の日にさへ、生還を期し難い旅立ちである。しかし私はそこで古人を思ひ、古の大なる旅人の嘆きを心にくりひろげつゝ、なほかつ赤褐色に流れる大黃河に、異常の緊張感をいだくさきに、內地からの旅のつゞきを考へてゐるのみであつた。支那の大平原は、恐らくこんな心で日本の軍隊のために展かれてゐるのであらう。かつて日本人の誰もが經驗しなかつた大遠征の心が、こゝでけふの日に、われらの青年の心に、深く大きくしかも自然として印象づけられてゐるのである。これは歐洲の戰がその地の青年に刻した感覺の記憶と異る筈である。その事實こそ、我々に、日本の未來に、大きい光明を與へるのである。かゝる壯大な、この世に於ける浪曼的な、その未曾有な精神に刻される影響は、しかもそれをうけたわれらの若い青年の大衆によつてどんなに反映するであらうか。こゝに語るのは早いことだが、支那の風景と風土と、その中をゆかねばならぬわれらの未曾有の遠征の、我らの大衆にひき起す影響についての合點の心は、僅かの日數の私の旅ながら、そこを訪れて得たものの一つであつた。たゞその若い大衆の精神の結果は、われら日本人にさへわが國史には見ぬ一つの大きい恐怖と思はれる、けふの日本を、近年五六十年の間に作つた日本人の精神が、今大衆的に壯大な規模で再度の變革を自らの決意と犧牲とによる表現によつて行爲し、敢然と進んで行つてゐるのである。この大いなる結果を表現する言葉は、雄大とか壯大といふ如きでは餘りにも手間どる、まさに明日の變革であり世紀の恐怖の發生である。われらの詩人はそれを世界と世界史の恐怖に表現せねばならない。それは必然にそのみちに入るのである。入らねばならぬのである。

その當時釜山で異常に感じた偏國へ來た思ひは、此度はあとかたもないのである。それには二三の理由もあらうが、その感想が遙かな遠方にまでのばされて行つたことは興味深いこと、我身にかへりみられたのである。あの無氣味な混亂と不安とのまざりあつた薄い感じは天津以外の土地でつひに感じなかつたのである。

釜山から慶州に出る廣軌鐵路は以前なかつたところである。だから釜山から東萊溫泉に旅塵を洗ひ、梵魚寺や通度寺の朝鮮寺院に詣でて、車で蔚山に出、汽車で佛國寺へ出た以前のみちも、今では簡單に釜山から直通の汽車で蔚山の古城址を右の車窓にしのびつゝ、慶州に出られるわけである。蔚山までの沿線はなか〳〵に美しかつたので樂しかつたことである。同車の客も我らの他には數人にすぎなかつた。虎蹊といふ驛は蔚山から少し北である。このあたりは荒野に石塊がるい〳〵とあつて奇な眺めである。黑色に酸化した感じの御影石も趣がある。むかしの新羅の都の文化は、われらの國に類似して御影石の作品が多いことである。慶州の博物館に、あるひはその南山に、わけても石窟庵に知られるところである。虎蹊より毛火に進むに從つて、曾遊の記憶がおもむろにわいてくる。毛火は昔の遠願寺のあとへ出る驛である。遠願寺へのみちはどの方か地形がすつかり異つてゐると思へる程に錯亂した形でしか殘らぬ數年までの記憶であるが、あのみちあの村と思つてゐると、云ひがたいなつかしい感慨が起るのである。眞夏の暑い日、木もない草の匂のする裸山の赤い山みちを、驛から二十數町のぼつて、この廢寺のあとを訪ねたのである。京都帝國大學の若い學生某君がその廢寺の古塔を再建した年のことであり、その夏そこに訪れた私は恐らく最初の旅人であつたかもしれない。といふ思ひ出に加へてあの山道のあつかつたことを思ひ、古塔の十二支神の美しかつた像もあり〳〵と思ひ出された。そのなつかしい篤志の學生の名を私は失念した。毛火の驛長も面長も、もう變つたことだらう。私の慶州のよい案内人であつた金君も、音信不通になつたまゝである。金君は南山を案內してくれる只一人の青年であつた。私はその數年までの學生の時、金君のために、殆んど內地人の篤學者さへ訪ねきれなかつた南山を仔細に步いて、岩かげや谷間に殘る崩れた石塔や石佛を見るを得たのである。眞夏の岩山は世の苦難の旅を通りこしたものであつたが、今南山を遠く眺めてゐると、苦難を思はないで、そこを行つた日のあつた思ひに、云ひがたい滿足と安心を感じる。

佛國寺へついたのは十時半ごろであつた。釜山を出たのは七時五十分である。佛國寺をさきにして次に慶州に出ることとした。これは汽車の順路である。こゝで九州の方の女學生の修學旅行團に會つたため、少し順路の豫定を妨げられたことも今度の旅の記憶に殘る。朝鮮をへて大陸にゆく旅客が激増したため、ゆく〳〵旅館に汽車に、少なからぬ故障をなめたことも、わが國のけふの動きを如實に味はせてくれたことである。釜山から列車を増發して奉天に客を運んでゐるが、旅客はなほ平常の何倍かとか、大へんな混雜である。

佛國寺ホテルで晝食をとつて、我らは石窟庵へ二十數町を登るのである。佐藤先生は籐椅子を以て作つた籠の如きのりものにのられる。暑くて少し疲れたがこの道の記憶は變りない、たゞ道幅がひろくなり驚くほどよくなつてゐることは、このゝち鮮内のあちこちで感じたことでもあつて、まことにわが國と半島人とのために慶賀すべきことである。

石窟庵に登るまへに我々は佛國寺を訪れたのである。青雲橋やそれに竝ぶ七寶橋蓮華橋のことは、あるひは泛影樓と共にかつて語つたことがあるが、そのころむしろ輕んじた多寶塔は、今度の旅での收穫の一つであつた。釋迦塔の方のまちがひのないクラシズムに對し、この作品には最近のロマンチシズムが多分に感じられるといふことが初めて發見されたのである。それは作爲と冒險の危險に依存した作品である。しかも最も危險な奇妙さに於て成功した作品の一つである。釋迦塔に感じられる儀軌的なものに對し、これは反對のものである。發見される人工のプランでなくして、創造された人工の作品である。さういふ意味につけ加へて、なほ多くの興味によつてこのロマネスク的作品の發生そのもの、及びその創造の完成そのことに多くの感興を思つてゐた。佛國寺といふ寺は、建築的效果で上乘のものであるが、形勝占位の方法もきはめて美的に高次な觀點で選ばれてゐる。

佛國寺から石窟庵にのぼる吐含山の山みちは、その道の相こそ立派になつたが、なつかしいむかしのまゝの眺めである。記憶に殘つてゐるのが不思議なほどに、昔日の印象鮮明である。その以前には麓の宿に一泊して夜明けの四時ごろ、朝日出を見る目的で私はこゝに登つたことであつた。ユーゼエヌ・ペパンといふ佛蘭西人と同行であつた。

石窟庵の諸佛に對する印象は昔のまゝ頭垂れる思ひであるが、その初めほどに激しい感激を得なかつたことは何故であらうか。觀音像に羅漢像に新しい美しさに放心しつゝ、あるひは美しさへの驚きを新しくしつゝ、なほかつ初の感激を思つて、あきたりないものを思つたことである。そのころとりわけて感心した南山の菩提寺の釋迦像は、今度の忙しい旅に見るすべもないから、二つの比較はなし得ないが、石窟庵の新羅黃金期の作品に對する感謝は、又驚異は、再びの日に少しうすれる感じのしたことを嘆くほどであつた。恐らく思ひいだいてゐる心が異つたからであらう。すでに始めのとき、この本尊釋迦よりも菩提寺址石佛を選んだ私であつたから、その下地がいよ〳〵あきらかに思はれることでもあつた。しかしこれがわれらの人類と世界史の驚くべき遺品の一つであることはこゝに言ひ及ぶまでもないことであつた。

石窟庵の山を下つて、自動車の便に又困難したが、幸ひ掛陵に出て佛國寺驛へ出ることを得た。掛陵の左側石神は、おそらくこゝを訪れた人の等しくかなしんだものと思はれる。去る年にこゝにきた時にわれらに署名を求めた老いた半島人の陵守りが今度も同じ姿で現れてきたのには、少なからず驚いたことである。

瞻星臺を眺めつゝ汽車が慶州についたのは夕方であつたから、その日の見物はもう不可能であつた。たゞ町を少し歩いて、町の變化に驚いた、ほゞ二週間ゐた町の舊態は、僅かの横町の記憶に殘るのみであつた。家も變つてゐた。訪ねる人もゐない。まへにずゐ分とお世話になつた博物館の諸鹿央雄氏が浦項へ移られた話はまへから知つてゐたけれど、その他どこもそのやうに變つてゐるのである。

翌朝は朝の僅かの時間に博物館を見て、慶州の若干を見物しようといふのである。それ程旅を急ぐからでもあつた。その上扶餘に出るといふ一寸めんだうな目的もあつたからである。慶州の遺物の代表的なもの一つ二つとの註文で、私は困つたが自分のおもはくではあの鮑石亭を見たいといふことがあつた。新羅四十九世憲康王こゝに出遊し、時に南山の神現れて舞樂したといふ。五十五世景哀王三年十月（約千年以前）、王は妃たちと共にこゝに流觴曲水の宴を張つた時に、百濟の甄萱《しんけん》に滅ぼされたと傳へるところである。かつて私はこゝを訪うて以降これは氣になるものの一つであつた。馬鹿らしいと一見にすてることもできつゝ、なほかつ心にくひ下るやうなものの一つである。何かの意味とナンセンスのさかひの線の判明でないものであつた。私のさういふ話は同行の人の心をもひいて、いはゞその解決のためにそこへゆくことに決定した。一つの放埒は創造と同父異母のものである。

鮑石亭にもさういふものがあつた。何かの徹底を暗示するものである。鮑石亭は滿足を少からず與へた。しかしそこへゆく途中の雁鴨池は別して私の興味をひいた。それは以前には全然考へなかつたことであつた。思はなかつた關心であつた。皓星臺の印象は再びして以前をなつかしむあの心のためにあるものである。私は雁鴨池に趣きを味つたことを喜んだ。こゝにある庭園の様式は、むしろ日本に少ない純日本式である。それは實に不思議なことであつた。新羅の遺構をもつこの庭園に、私は純な日本のさまを味ふのである。新羅の風景もなか〳〵日本的であつた。京城の祕苑のテーマが、いはゞ日本的であることは後にも考へ合せたが、新羅の古い庭園の様式は、支那式な日本の庭園のイデーに比較すればはるかにその放心の形が日本の自然觀で描かれてゐるのである。それらは一歩進めて問題を諸他の藝術とその歴史との交錯に於て捉へるとき一つの關心のものとなるだらう。しかもそれはその交錯に於て捉へる必要があつて、交渉の面で捉へては無意味であるのみでなく、人と物を謬る結果を生ずるのである。朝鮮の藝術は日本の固有と共に、向うにある日本を教へるのである。日本の失つた日本を、朝鮮の廢墟に見ることも、日本の將來のためには無駄でない。恐らく多くの人の眺めてすぎる雁鴨池を私も亦眺めて過ぎた旅人の一人であつた。

時間の關係で慶州のすべてを通りすぎたにすぎなかつた。從つてわが法隆寺と石窟庵と後に見た大同の雲崗石佛寺を比較するやうなことはこゝでもさしひかへる。これらは極東の三大佛教藝術といはれるものである。この比較に、慶州、特に日本の固有を暗示する慶州は焦點を與へるのである。慶州の博物館も思ひ出すてだてもない程に忙しく步き去つたのである。

その忙しい旅にもかゝはらず、曾遊の地は古い感慨と、新しい意味を私に與へてくれた。それは、たとへば多寶塔と雁鴨池に、以前に思はなかつた新しいものをみいだすやうな機緣と共に、なつかしい心情のゆたかな時をも經驗させるのである。それはひそかに期待した今度の旅の準備の一つであつた。朝鮮から滿洲の中樞線を通り、北支から蒙古に出て、再び新しい滿洲である熱河を通つて歸るといふ道順は、われらの今日の日本を見、明日の日本を思ふために、實に合理的な方法であると思はれたのである。さうしてその道順を私個人にとつては曾遊の地、他の意味に於ては古くからの開拓の地に選んで行つたことは恐らく成功した道順と考へるのである。今日の浪曼的日本の過去と未來を、見聞し思案するために、私は日本の大陸經營の悠久二千年の歷史の跡をみる旅のみちをさう定めたのである。それは私にとつては浪曼的日本を見る合理的プランの一つである。さうして時季はづれの從軍の記者のやうな思ひと恥らひをかくすためにも、私は人眼に物見遊山に似たと見える旅をゆつくりと朝鮮史蹟見學から始めることを祕かに自信してゐたことであつた。急がしく北支や蒙疆の戰場に直行する代りに、我らは國の知識の一方を我物顏にしてのんびりした遊山の如き旅を甘んじたのである。

しかし始めに感じたと誌した如く、釜山から北京へは陸つゞきである。この一行を已にしかとたしかめて、改めて旅の記を進めよう。

扶餘

慶州から扶餘へ出る行程には相當困難を感じた。ことさら訪れる必要もないかもしれないと思つた程だつたが、このまへの旅にも行きそびれてゐる。それも案内の心もとなさのためで、人に問うても知らず、案内所等でもわかりかねたからであつた。行けば造作ないところだつたが、そんなわけで、又わき道といふ理由もあつて、つひに行かないで了つた。こんどの旅に朝鮮を通る一つの目的の中に、扶餘見物を特に加へておいた所以である。幸ひ同行の二人も、訪ふ人が稀で案内の心もとなかつたことを云ふと、それならばと贊成されたのであつた。

釜山の驛できいたときもわからなかつた。たゞ論山から乘合自動車があるといふ話と、驛の切符賣場の少女が、大抵儒城溫泉で一泊して論山に出て行くやうだ、といつた話を手がかりにして、その儒城溫泉といふのを地圖の上で初めて知つた。驛の案内ではわからぬまゝであつた。慶州の宿できいたときも知らなかつた。同じ故都のことゆゑ、慶州に出て扶餘にゆく人がないわけでもなからうからといふこちらのつもりだつたが、宿にはその道順の知識を知つてゐるものがなかつたのである。私らが列車時間表で見た以上の知識はどこでも得られなかつたから、却つて不安になつて、きかなかつた方がよいといふ結果である。

とにかく慶州から大邱に出ることだけは道順である、大邱で本線にのりかへ、さらに大田に出てそこから木浦へゆく汽車にすればよい。それだけは地圖の上でもわかるのである。大邱で少し時間が餘るので有名な市場を見物に行つた。あまり大した異景風もみられなかつた上に、何か知らない乾魚の鹽つぽく生ぐさい臭氣に閉口して早々に立ち去つた。それよりも大邱へ出るまでのみちの方が快かつたことである。田の中に鷺が立つてゐたり、れんげの花がさいてゐたり、日本の鯉のぼりが、朝鮮の山を背景にして立てられるのも感興が深かつた。このまへ大邱から慶州へ出た汽車の間の記憶には、暑い熱風が窓から吹き込んで耐へきれなんだことを殘してゐるばかりであるから、けふの旅には、南鮮の美しい山や野や川が見られて目に新しい、こゝは内地のやうな和やかなみちであつた。

大邱の驛の案内所でも、扶餘のことについては無知であつた。見物に要する時間もわからなかつた。大田の案内所で始めて、公州を通つて扶餘にゆく自動車のみち、汽車で論山に出るみち、この二つのある話をきいたが、乗物に關する案内は不明で、下手をすれば論山あたりで一泊せねばならない。のどかな旅であればそれもよいが、行さきを急ぐ今の湯合困つたことである。しかし釜山の出札場の少女の云つた儒城溫泉で泊るといふことは、順當のことであるとわかつた。我々も亦大田に下車して儒城溫泉へ車を走らせた。儒城溫泉の新しい方に一軒の内地旅館があつてこゝの設備はかなりよかつた。宿の名は鳳鳴館と云つた。それよりも大田からここへくる二十分あまりの自動車道の立派さに眼をみはる思ひがした。僅か數年以前にこんな道は田舍には絶無だつたからである。儒城の宿についたころから雲ゆきがあやしくなり出したことは明日のことを思つて少し氣がかりである。しかしこゝへ泊つたため扶餘のことが仔細にわかつた。最近訪れたばかりといふ女中がその見物の道順を丁寧に語つてくれたからである。さうして我々は公州へ出る道をとるかはりに、汽車で一番順當な論山を廻ることにした。もし舊都公州をへて扶餘に出るためには、特別の車に乘らねばならない。それに公州を廻るのは歸途にしてもよい。公州は扶餘に奠都されて、百濟復興の始められる以前の都であつた。遺物遺址の殘すものもないといふが、いくらか歩みを移したい心ひかれるものがあつたのである。

翌朝は早く起きる。なほあやしい雲があつておぼつかない空模樣である。少し雨も降つてくる。汽車で論山驛につき、そこから乘合自動車にのるつもりである。發車までに少し時間があつた。もう雨は霽れてゐる、物賣りの露店で、內地のところてんや餅のやうなものを賣つてゐる、私はそれを見てゐた。しかし乘合自動車が動き出して間なしに又雨がきた。大へんな降りで車をとゞめて雨覆ひをかけねばならなかつた。論山から扶餘へは一時間あまり、雨が降りしきるうへに窓をとざしてゐるので何も見えなかつた。しかし歸り途はもう雨もあがつてゐた、それは雨にあらはれて殊に美しい色をした赤い〳〵埴の山地であつた。松の色も、大和や河內のやうなありさまであつた。日本の文化を考へるためには新羅よりも百濟を見なければならない。さうしてその風土を見ねばならない。風土に於ては百濟の方が新羅よりより一そう近緣を感じさせた。その上百濟は我國の民族の太古からの大陸政策の故地である。興亡成否のあとは永く我らの民族の記憶から退かないことである。しかも今日我民族は、北支に、中原に、南支に、さらに蒙疆にと未曾有の遠征を試みてゐる、千五百年の歴史は今こゝにして深い思出を與へるのである。私は民族の歴史を感じて、北支から蒙疆への旅の始めに、曾遊の地慶州を一覽し、さらに扶餘を訪ねてその風光に接したいと思つた。扶餘のもつ雄大な和樣の風景については、爾來私の人から聞くところであつた。日本の今日の體驗は扶餘に於ても當然若干の感慨に結ばれるのである。

それにしてもわが國の大詩人である佐藤春夫氏が進んで親しく北支から遠く蒙疆にまでゆかうとされたことは、實に大きい決意であると思へた。私はその旅を平安とは思はなかつた。近來事に倦んだ風格をその文章に描くことに誇らかな樂しみさへ感じられるとみえる先生が、思ひ立たれたこの旅は、日本の歴史上の文豪の誰もが感じなかつた決意の表現である。しかもそれを先生は平々淡々と行爲する、そこに私は「詩人」を思ひつゝ、その以上にけふの「日本」を思つた。その日本はわれらの民族と歴史と國家と思想と理念と、その上に傳承と血統と神話との集約したもの、表象である。先生にとつても、浪曼的な行爲であらう。さうして私はこの大詩人に從つて日常に親近しつゝ、わが浪曼的日本の拓かうとしつゝある新しい世紀を作る世界交通路を行くことに、感動と光榮を味つたものである。慶州から扶餘へ、さういふみちを廻ることには先生も同意であつた。私はこの旅に感動を以て行く。その感動は先生のために生れた部分も多かつた。その純粋にして浪曼的な動機とその行爲は、われらの兵士の清淨の心の琴線にひゞくものであらう。少なくとも安逸を以て云へる旅ではない。わが史上の文豪の誰もが經驗しなかつたやうな大きい旅の心が今こゝにわが國文學史に記錄されるのである。古王朝の若者や學僧が半島や大陸に旅した日の心ではない。中世の巡歴詩人のあの隱者の旅の心でもない。一人の佐藤氏の旅にさへ、日本の未曾有に光榮ある日の高なりが味へるのである。私はさういふ大きい誇らしいことばで、己の同行の日を欣ぶのである。我々は貧しい不案内な旅行をしてゆくのである。我々が所々であつた多くの產業視察團とはちがふ角度から、こゝにも我々にある日本を感じる。我々は北支の新日本を見るために目的の地へ直行する代りに、朝鮮に於ける治蹟を一見し、さらに滿洲國に出て、その幹線地帶を通り、北支に入つてさらに蒙疆に進み、歸途は滿洲國の新しい部分なる熱河承德に出る豫定をたて、その門出にわが上代の敵國新羅に出、大陸經營の足場だつた百濟のあとを訪ねようとしたのである、この半島の南部を中心に行はれた千五百年以前のわが國の海外經營の榮枯盛衰のあとは、そのまゝ今日の鑑となり難くとも、今日の日に感慨深いものがあるからである。慶州の規模を一見し皇南里の古墳群を弔つて、扶餘城の大陸的經營を見學したのち、北支滿蒙の大平原に入ることは無意味でないからである。

扶餘の邑についたのはひるごろであつた。まだ少し雨が降つてゐる。しかし幸ひ間なしにあがりさうな空模樣であつた。雨の中を松家旅館といふ內地人旅館へゆき、そこで晝食を攝つてゐると、古蹟保存會のS氏といふ方がこられた、新聞で佐藤氏の來鮮を知り、扶餘にも廻られると知つたのでこの二三日待ちかねてゐた、これから案内をしようといふ話である。我らにとつては大へんの好都合であつた。見物には三四時間もあればよいといふ話で、もう晝食中に雨はすつかり霽れて陽が激しく照り出したのもありがたい。

そのS氏の案内でわれらはまづ平濟塔を見物する。平濟塔は扶餘邑の南郊にある、花崗岩石造の五重塔で扶餘にある百濟唯一の建築物である。全高十米二十一ときいた。この近所に石佛一箇がある。やはり花崗岩石造りであるが、火にあつた痕跡のあることがわれらにもわかつた。寺院プランから見ても亦平濟塔樣式から云つても、こゝに扶餘時代に大寺のあつたことが知られるが寺名は未聞である。百濟第三十一代義慈王二十年に唐の高宗が將軍蘇定方等をして新羅を援けて百濟を攻めしめ、義慈王を擒にした。定方はその功を記念するために八月十五日、そこにあつた五重塔の初層四周に大唐平百濟國碑銘を刻した。以來この塔を平濟塔と稱するのである。碑文は唐の賀遂亮の撰する四六駢麗體で書は唐の名筆權懷素の筆だといふ。書體は美しく立派であつた。あとで保存會百濟館で圓形の大石槽を見た、それに鏤られてゐるのは銘文の初の方で此の平濟塔と同一のものときいた。さうして多分はじめこゝにほらせたものであらうと云ふ話であつた。この義慈王二十年はわが齊明六年である。平濟塔の建つてゐるあたりは廣い荒地だつた。邑から二町位のところである。この途中に露天の市場があつた。こゝでも例のなまぐさい乾魚を繩でくるんで買つてゐる半島人がたくさんゐた。市場から少しきた邑内で二人の半島人巡査が半島人女の白衣をはいでゐるのを見た。さつき雨のあひだに宿から出たときにも同じ巡査が男の半島人の白衣をひきとつてゐるのを見て奇態に思つたからS氏にきいてみると、白衣を禁止してゐると云ふことである。巡査はさつきの女の白衣をていねいに雨あとの泥濘の中へ投入れて靴でふんで汚してゐた。扶餘にくる途中大田の町の公會堂のやうな建物の入口にも白衣の者の出入を禁ずとあつたのが奇妙と思つて一人考へてゐたが、こゝでその理由がわかつた。地方によつて寛嚴の度があるが、一様に白衣を禁じてゐるよし、それは半島人が白衣の洗濯に大半の勞力を費消するのを他の仕事に轉換させるためだといつてゐる、一種の新生活運動である。われらの見る眼に美しく思へた白衣も新生活運動のためになくなるであらう。あんなにされてどう思ふか試みにきいてみると、S氏の語るのに、さいつごろもうちの女中が白衣を汚されてきたが、歸つてきて云ふのに、丁度染めかへようと思つてゐたところだつたので、と云つてゐただけで、大ていそんなものだといつてゐた。一般に百濟人は昔から奢侈遊惰で氣風も儇薄傾巧である。文學を重んじないから科第に顯達する者も少なく、人才が少ないので自稱文學者が多かつた。言語も亦優雅である。その上百濟の甄萱が新羅の末にこの地により、鮑石亭に景哀王を滅してからは、高麗の太祖とも戰ひ、しばしば太祖を危機に陥れたので、高麗では辛うじて甄萱を滅した後も、百濟人を大へん憎み、車嶺以南の水の背走するとも車嶺以南の人を使ふ勿れと遺命したといはれてゐる、その遺命の通りに高麗朝の中期に至る迄は嚴守された、中葉に至つてやゝゆるんだ位で、李朝に於てもなほそんな考へがあつたやうである。地は豐沃であるが、交通路の傍へに別地の感をなすため、壬辰亂の被害も大してうけなかつたのである。

平濟塔の原から又邑を通つて我々は博物館にでた。主たるものはさきにかいた石槽や東山里から發見された「前部」と彫つた標石である。この標石は百濟の都制として史書に傳へられる記事を實證するものとして珍重されてゐるさうである。その他に慶州とは異なる瓦磚の類や、庭園にある新しい時代の石佛の手相がわれらの日常にみるのと左右反對のものが興味をひいた。たゞ慶州に比して遺物が少なく遺品の少ないのは、殘念であるが、これはいくらかは今後になほ期待し得ること、も思はれる。百濟から新羅や日本に傳つて開花した文明の交渉については何も考へられなかつた。それ程に遺物は少なかつた。少ない遺物は日本との差異を却つて教へた、私はたゞなつかしい感動に胸あた、まる思ひがした。その瓦は、新羅の瓦でなく又日本の瓦でない、日本で見る瓦が新羅でなく百濟でない、新羅のものが又百濟のものでないといふこの事實の方が驚くべきことである。新羅へ移つた經路は實證されないのである。史書は唐に依存した新羅の滅亡を論じてゐる、日本に依存した百濟の滅亡をわが書紀は仔細に誌してゐる。日本が半島からひきあげたことの史實については、しかし今日の宿題である。我らの國史には遺物といふものがないからである。國を失つた新羅のものは、その精神さへみな遺物の類である。我らの國史問題は、つねに現在の課題である。あきらかにそれはあきらかな事實となつてゐることである。

保存會百濟館から我々は山道を扶蘇山城址へ上る。陽がさし出したのはありがたいが、おかげで暑くてやりきれない。石窟庵を駕籠でのぼられた佐藤先生は大分困つてゐられる。

駕籠は歩くべきところをゆられてゆくから不自然なものだとさきに云つてゐられた先生はこゝでは、不自然の方もよいといふ文化論に轉向されたやうである。扶蘇山城のかなりの坂道を數町上つたところに劉仁願碑といふのがある。このあたりも赤埴の土に、松が多い、その松はしかもすべて併合後の植林といふが、これは美事に茂つてゐる。

劉仁願は蘇定方が扶餘ををさめたのちこゝに留つた將軍である。百濟滅亡の後殘將福信らが百濟の王子を我國から迎へその復興を計り、天智天皇亦阿曇比羅夫連《あづみのひらふのむらじ》らに兵船百七十艘を與へてこれを救援せしめられたが、白村江上の海戰にわが軍は敗れ、つひに三百年の歴史もつ半島より退却することゝなつたのである。この碑にはそれらのことが誌され劉仁願の事蹟をのべてゐるといふ、明治四十二年に發見された碑身は、縦に二つに裂け碑文も不明瞭である上に趺石はないが、螭首は初唐の様式を殘してゐる。今は小さい木造の建物の中にをさめてゐる。

扶餘は百濟の舊都である。しかし嚴密に云へば百濟國の舊都は公州であり、扶餘に移つてからは南扶餘國と稱した。扶餘は古名を所夫里又は泗沘とも云つてゐた。公州から扶餘に奠都されたのは百濟二十六代聖王の十六年である。日本では、宣化天皇三年にあたり梁大同四年である。都は三十一代義慈王二十年七月迄つゞいた、その間六代百二十三年である。この扶餘時代は隋唐の時代にあたり、朝鮮に於ては任那はすでに滅んだが、高句麗は北方に雄を振ひ、新羅は南方に興つてゐる。その前後より極東の國際間の爭闘は最も激烈を極めた時代であるが、一方極東の文化は未曾有な開花をなした日であつた。未だに殘るわが法隆寺、新羅の石窟庵、雲崗の石佛寺の如き、比すべきもののない大藝術が、日を同じくしてわが極東のアジアに創造されたのである。それらの現存する大なる史實を世界史の過現未に於て比較概觀するとき、われ〳〵極東のアジアの民は激しい感激を感ずることであつた。アジアは自己の經驗しなかつた國家的國際的な紛爭を試みた日に、同時に世界史上にも僅少の高度大文化をうちたてたのである。

百濟は始祖溫祚王が今の廣州に都した年に始まるといふ。それが四百七十九年に高句麗に滅された、その間二十一代である。しかし幸に日本の支持を得て二十二代文周王は、雄略天皇より任那の地公州を賜つて同國を再興した、かくて公州の都は五代六十三年で扶餘に移つたのである。日本と百濟との關係は、應神天皇、神功皇后の頃より始つてゐた。神功皇后四十七年夏七月に百濟の使者三人が新羅の調使と共に來朝した。皇后は「先王の所望したまひし國人今來朝せり。痛はしき哉天皇に逮はざること」と喜びと追憶の情を共にされた。當時百濟が日本に援助を求めたことは高句麗に對抗する唯一の手段であつた。それが新羅との聯合となつたのもやはり北の强國高句麗の南下を怖れたからであるが、そのことは半島に於ける日本の勢力の衰退を意味してゐた。しかもこの聯盟は日本の勢力を減退させたとともに百濟の衰退となり、新羅の强化となつた。雄略天皇十九年つひに百濟は高句麗の爲に滅亡させられたのである。雄略天皇によつて再復された百濟も決してよい國運をもたなかつた。王の殺害も再三であつたが、天皇は舟師を送つて高句麗を討たれたこともあつた。しかし國運は幸運でなく天災惡疫がうちつゞき、人民の流亡が絕えなかつた。

その間半島の形勢が變化して、高句麗まづ衰へ、新羅の勃興してくる情勢となつて、新羅に對する防備上から、扶餘奠都となつた。こゝでも日本の援助を得て、高句麗、新羅に對し攻勢に向はうとしたのである。それが、百濟再興の方法であつた。欽明天皇時代に於ける日本と百濟の交通は周知のところであるが、當時の日本の百濟援助は、武力から産業經濟の點にまで及んで、軍粮は勿論農産物の種子迄供給した。百濟はその傳來した大陸文化を努めて日本に轉傳し以て日本の好意に答へようとした。この時代飛鳥朝前期の日本の武力に竝行した日本の文化についての確信ある論述を知らないことを私はつねに憾みとしてゐる。當時の極東の國際關係から云つて、何かゞ日本にない筈がない、われらの軍隊の背景のないことは却つて想像しがたいことだからである。日本は任那問題以來の關係で新羅を敵視してゐたし、隋唐は共に高句麗を討つてゐたから、當時の百濟は一人平穏であつた。その宮廷の日本に對する感謝の念は聖王二十三年の丈六佛の造立の如く、これは欽明天皇の聖壽萬歳を祈るものだつたが、三十年には佛像經典を獻じたことを始めとし、爾來技藝百工を輸つて大陸文明を紹介し、ためにわが飛鳥文化が開花する動因となつたのである。さらに當時の百濟宮廷には日本人の官吏が多數にゐたし、軍隊も亦日系將軍の指揮する者が多かつたのである。しかし新羅に武烈王や金庾信《きんゆしん》が出て、唐との聯合を策し、それが成功したとき、百濟は滅亡し、日本の勢力は半島から失墜したのである。蘇定方が軍をかへしたのちには、多くの遺臣が諸方に擧兵した。有名な鬼室福信はその主なる一人である。福信はつひに唐羅聯合軍を破つて、救援を日本に急請したので時の齊明天皇は情勢の逼迫を観じられ、仲哀天皇以來中絶した天皇親征の儀を再復し、寶齢六十七にわたせられる女帝の御身を以て親しく筑紫へ行幸されたのである。これは畏くも大なる國家的決意の表現であつた。その翌年齊明天皇が筑紫朝倉宮で崩御遊ばされた後も、天智天皇が御遺志を繼承され、阿曇比羅夫らを遣はされたのである。このとき百濟復興軍の勢威は唐羅軍をまさに壓せんとしたので、急かに唐より援兵が送られたのである。一方天皇は新羅をうつて聯合軍を牽制された。しかもこの時百濟に內訌起り、福信は王豐璋に殺された。これを知つた唐羅軍は、好機とばかり百濟に攻め入つたのである。二年八月廿七日白村江の水戰にわが軍利あらず、退いて廿八日又も敗れた、この日陸上の百濟軍も亦破れて王は高句麗に退れたのである。

百濟の歷史は我々の知る限り惡い政治の歷史である。しかし百濟の日本に及ぼした意義、及びために生れた日本の世界に於ける意味から云へば、百濟の惡い歷史のうちにあるものは改めて見なほされてもなほかつ何もないものかと私は思ふのである。百濟から傳來する以前にも日本に大陸文明の將來はあつた。書紀に誌されるその文物傳來の史實は、しかも百濟によつて百彩を加へるのである。こゝにはその上百濟の滅亡史も誌されてゐる。百濟は歷史上から、地上から、文物の上からさへ跡をのこさなくなつた、例へば今日の百濟の故都には數箇の遺物、數箇の瓦塼を殘すにすぎないが、記錄に示されたわが法隆寺、法起寺、法輪寺の工人は、多分に百濟人である。船を操つて遠く山東各地に交通した百濟人は、半島に於て第一の文化人であつた。それらの傳へた文化は日本にきて、母國に於て、又本土に於てよりも美しくなつかしく開花したものであることは、けふの法隆寺が世界藝術の比較の上から明らかに教示するところである。百濟滅亡後我國に亡命した文武の遺臣は少くなかつた。彼らの多くは技藝學術に通じた文化人であつたから、後々まで我國の文化に盡した功績は甚大であつた。我國ではそれらの百濟人を自國人と對等に扱ひ、位階賜祿のことも差等なかつた。鬼室福信の子に特にその父の光榮によつて位を賜るといふやうなこともあつたのみならず福信は後に神として祀られたのである。「橘は己が枝々生れゝども玉に貫く時おなじ緒に貫く」といふ歌は當時の百濟人が我皇室のめぐみを讃へて歌つたものである。後にこれら多數の歸化民を小集團に組織して全國の開發に送るやうな事もされた。百濟滅亡後我國では國防のために長門筑紫等の各地に築城したが、多く百濟人を使役してその山城をつくらせたものである。我國の上代に於て歸化の民の多くは、その藝能によつて特に優遇されたが、百濟遺民はとりわけ多くの日本文化開發のために力をつくし、その集團は陸奥にまで及ぶ全國に散布したと誌されてゐる。半島の放棄と百濟滅亡は少なくとも開花期の我國にとつて、國力充實上に意義があつた。だから天智天皇の半島放棄政策は當時の國情に對する御志であつたと思はれる。聖德太子の外交政策も亦半島放棄のやうに拜聞してゐるのである。しかも我宮廷にも多くの外國人が安住の地を見出した日があつたのである。一時に十人の訴へをきゝ、十人に答へられたといふ太子の御前の十人とは、毛色の異なる十人の人種であつたかもしれない。秦氏の勢力の如く百濟人も大勢力を得た。かの新笠姫は百濟王族の出である。姫は光仁天皇の妃となられ、桓武天皇の御母である。後皇太后となられてから王朝初期の宮廷には百濟女が多く入ること、なり、その方々も亦多くの皇子皇女の母となられた。一般に當時の宮廷ではこれら外來民の風俗慣習に對する干渉はなかつたのである、姓名のなのりも舊來に從つてゐたが、のちには、祖先はともあれ己らはすでに眞の日本人であるとして日本式の姓名に改めることを請願するものがあつて、それが許可されてからこの風は外來民の間に流行した。

私は百濟の歴史めいたことに感興を味つた。さうして當時の日本宮廷の政策にさらに多くの關心を今日の日に感じた。私は已の感じた關心を、今日のことばで、今日への見本の如く語ることを欲しない。それらは事情も情勢も異なる、從つて再びくりかへされることのない過去と歴史とである。

さて劉仁願碑から少しゆくと展望美しい臺地へ出た。白馬江の雄大な風光、明媚な景情はまことに鮮内にたぐひを見ない。慶州も平壤も京城もものゝ數でないと思へた。公州より江景に至る錦江を動脈とした扶餘は、地圖の上でさへ實に雄大な王都の地である。往時はこの自然の外城に加へて百濟式山城を以て扶餘を中心に何重にも包んだものであつた。扶餘の當時の戸口十五萬二千三百戸は實に鮮内第一の大都であつた。古い日本の造園師は百濟人であつたことを思ふとき、白馬江を中心にした扶餘の自然は、日本人の審美觀の史的研究の上にも看過し難く、心ある者の一度は訪ふべき土地である。扶餘訪問をすゝめた先人の多くも、扶餘にある日本的な風景の雄大さを語つたものであつた。錦江は大河である。湖沼の如き大河である、古の外城址のある山容もみな明媚である。この雄大は支那や眺める下に美しく耕された田畑の畝も限りなく美しい。我々は展望所から軍倉址といふ所へ出た。軍倉址からは今もなほ米、麥、豆等の炭化したものが出る、兵燹にかゝつたものといはれる。扶餘山城址は、二つの丘のあはひを土で築いてつないだものといはれてゐて、軍倉址はその東端にあり、西は錦江に臨んで落花巖などのある名勝である。けふ我々の登つてきた山はその山城である。山城は更にこの外周を包んで諸々に築かれてゐる。かく都城を守護するために外城を築くことは、半島に於てこゝを嚆矢とする由である。都城の規模も大陸的に雄大であるが、王者の住とすべき土地のその風光の明媚さはさらに絶對である。我々は軍倉址より又泗沘樓の方に出た。泗沘樓は新しい建物ながら、錦江を眺望する絶佳の場所にある。

泗沘樓からさらに皐蘭寺の方へ嶮しい坂を岩づたひに下りて行つた。寺は百濟時代の創建で、寺背巖石の崖に生ずる皐蘭にちなんで名としたといふ、その皐蘭をさがして僅に一株を見つけた。寺は峨々と聳える巖石を背にし、前は洋々として赴く清流に面してゐる。僅かに細くきびしい石徑が羊腸と山頂に通じる。その巖間から美しい清水がわいてゐた、忘れがたいうまい水であつた。この皐蘭寺は百濟時代は尼寺で古の規模のしのばれる礎石が今も殘つてゐる、江に臨む巖頭に、梯形に巖にかけて高く建てられ、さらに江上に舞臺を組んでつき出してあつたものらしい。崇峻天皇の朝初めて我國より百濟に留學したと傳へる日本の三人の女性の落着いたところはこの所でないかといふS氏の話であつた。この話は我々の心を何かあたゝかいものでかきたててくれた。佐藤先生もなか〳〵に詩心を動かされたやうに見えた。こゝから舟で江上に出るやうS氏の作つてくれた遊覽順序であるらしいが、我々の舟はをりからの逆風に、船頭が苦心慘憺するのにもかゝはらずつひに流れに從つて漕ぎ下ることが出來ず、落花巖を下からあふぎ見るのみで、つひにもとの場所にひきかへさねばならなかつた。落花巖といふのは、扶餘落城に臨んだとき、義慈王は熊津に遁れたが、後宮數百の美女たちは適歸の所を失つたので、徒跣してこゝまでのがれ、つひにこの巖頭から江に身を投じ落花のまひ下るやうに紛々と競ひおちた、その時の巖というのである。哀史に加へられた飾花の一つであらう。なほ近所の少し上流に釣龍臺というのがある、蘇定方が白馬を以て龍を釣り暴風雨を鎭めて、熊津に逃れる義慈王を追つたところと傳へてゐる。今は我らもこの强風を鎭めて河を下りたいところである。强風のために我らは江を下り得ず、再びあの羊腸の石徑をのぼらねばならない。舟を上ると數人の舟子がゐて、我らの舟子をさしてこの者は子供にて流を下り得ないが、我らなら充分に漕ぎ下らうと云つたが、すでに强風の强さを知つた我々は、急な坂をひきかへすこと、した。

朝鮮の印象

北の國境の高句麗の古蹟は別として、慶州、扶餘、京城、開城、平壤と見れば、有史以來の朝鮮が見られる。過去の文獻にきざまれたことばを、土地の過去帳にのこされた遺物とひき合せるやうなことは、私には無學のためにできないが、今日では李朝時代の文物の多くも內地人の手で飜譯された。このまへの旅には平壤のさき、樂浪古墳や江西をへて、廣梁鹽田のあたりまでで、遠く新德里や梅山里、眞池洞に往つた。梅山里の狩獵圖や新德里の唐草文樣は、正しい六朝風である。わけて眞池洞の双楹塚の傷はれた壁畫にあつた美しい女性の顏と姿は、もう六年になるがあり〳〵と今も憶えてゐる。燭臺を頭にのせて步む少女や裳を西服のスカートのやうにひるがへした貴婦人のさま、その從者の婢たち、それを思ひ出すと、私はいつも樂しい。日本の初期浮世繪を上品にしたやうな作品である。しかしこれら樂浪郡の作品は漢人のものであらう。眞池洞の小墳九人の繪姿も漢人の描いたものであらう。私らはこんど平壤に滯在し、江西にだけ行つた。江西古墳の壁畫には、以前より又新しく感銘した。靈的動物の繪も立派であつたが、古墳壁畫の飛行天女の姿には、あくことを知らなかつた。

朝鮮の文化の水脈は何であるか、私のあさい印象では語るすべもないが、その箕子傳說や檀君傳說はしばらく別として、新羅統一時代より以後、常に半獨立國を形成しつつ元明清と生脈をのこしてきた國柄は興味がある。それは蒙古人でもない、滿人でもない、漢人でもない。私はさういふことを考へつつ、朝鮮の物を見、風景を樂しみ、文物をよんだ。新羅の文化は再び起るすべもないだらう。しかも古交通路として存在した朝鮮が、今はすでにそのゆききをかへて了つた日に於て、すべての朝鮮の民族主義は世界の明日の文化の倫理から云つても誤謬である。內地のヒユマニストが構想してゐる半島に對する倫理さへ誤謬である。半島がつひに滅びなかつたことは、半島の歷史以來日本の存在のためである。元の軍隊を退けた日本は半島の半獨立狀態をつねに牽制したものであらう。

日本と半島のもつ文化的共通點は、その建國有史より始めて、我らの歷史家によつて指摘されてゐる。その大家族的な社會を國家に統一してゆく過程も似てゐるのだ。文化交通のことはすでに云ふ迄もない。しかし「朝鮮」史の有史の始めといふべき新羅統一事業は、朝鮮人の手になる獨立であるより、唐による獨立であつた。それより始まる歷史に、朝鮮が國家をなし得たについては、常に日本の牽制が大陸に作用したのである。北方の勇敢の族なる高句麗は、獨立を確保しなかつた。以前私は高麗の恭愍王の比翼陵を邊土に訪れ、驚嘆の念を禁じ得なかつたが、高麗の作つた陶器は、やはり再び作り難い、我らはそれを作る過程に於てヒユマニズムに破れるだらう。あの偉大な藝術のために、進んで死ぬ陶工を救はねばならぬと考へがちであつた。陶工たちはその製作過程で、身心の高溫過勞のために死ぬからである。しかし我々は今日僅少の詩人をその方向に於て殘忍に殺虐しつゝあることについては無智無關心である。

朝鮮の文化の變化も數年まへと大差あるらしい、それはゆきずりの旅人にさへわかつた。昔大陸文化が半島をへて日本へきたやうに、今では日本をへて西歐文化が半島のインテリゲンチヤと都市の外觀をかへてゐる。半島人は日本の着物は浴衣以外は着ぬらしいが、大體洋服はきる。半島の道もよくなつた。文化の流れ方は千年の間にすつかり變化した。しかし日本から移しうゑた文化が、單に西歐文化の外形のみでなかつたことが、事變によつて初めて了解された。幾多の半島人は世界と世界史に於ける日本を理解し、日本人であるといふ自覺を、日本人であつたといふ自覺から得たやうだ。これは日本の理想が半島で初めて現はれたのである。ある半島人の運轉手は日本の皇室と、朝鮮の開拓者である王たちとの、血緣である傳說を我々に敎へたがつたし、南では新羅人は日本と同種族だと語つた。我らもそれは信じてゐることである。さういふ云ひ方の中には、卑屈や阿諛でないもう別のものがあつた。孫選手の日章旗マーク抹消事件ごろから見てさへ大へんな變化である。平壤の博物館も豐富になつた。色々變つてゐる。しかし半島人が倫理として日本國家を知つたといふことは稀有のことであらう。その倫理生活に於ては、今日の價値の點でも、半島人の最低庶民さへ、支那人に勝つてゐるのである。宗敎からいつて、佛敎の時代を通じて、今日始めて彼らは個人生活を律する以上の價値の世界に踏み入つた。朝鮮人の產んだ文化は、極めてとぼしい。一番醇乎とした固有文化としての詩歌文藝繪畫の世界に於ては、一つとして見るものはないが、この民族が支那と日本の間にはさまつて、一度も大陸に征せず、一度も滅びなかつたことは異例である。幾度か大陸に變遷した民族の中に、朝鮮はその名をとどめない。

私は今度は、京城で博物館を見るよりも、淺川氏と柳氏によつて集められた民藝を見て興味を感じた。それは藝術的にはとるにたりないものであつたし、朝鮮の劣しい生活の中に、あの日本へ渡來して珍重された一切の雜藝品的要素が全然とりいれられてゐないことが興味を教へた。朝鮮の雜器に高い藝術を發見し、精神化を與へたのは、日本の古い創成期の市民精神である。それは堺の市民たちの風流と詩人によつて發見せられた。朝鮮の現代の代表的ブルヂヨアである二、三の人々の私邸も見せてもらつたが、その京城にて一流の富豪の和洋鮮支折衷式の日常生活の中には、生活を樂しむ方法を知つてゐるが、それは我らの堺市民に淵源する風流でもなく、又それらの旦那衆に淵源する桃山式豪華でもなく、まことにつゝましい日本の中流生活を彩色したものにすぎなかつた。彼ら半島人の生活には日本の部屋や床をとりいれてゐるものもあつた。ある家では日本式の部屋を作つてゐたし、又朝鮮式の部屋の中に、床も作つてあつたが、その日本式庭園は、日本のきのふけふの成金でも作らぬものであつた。

しかし私はそれと全然別に、日本の失つた日本を朝鮮に發見することもあつた。私は京城の李王家祕苑を拜觀して、その感じをうけた。こゝにある自然主義は、すべての藝術と人工をなくしてゐた、それは日本の風土そのま、だつた。日本の庭師はさういふ形を窮極とすることを知つて、その間の高次の人工に生きてゐたのである。私にはこの祕苑が萬壽山や北京の公園よりずつと樂しかつた。しかし祕苑に於て、日本の失つた日本をいふのは、やはり誇張と感傷のやうな氣がする。私はそれらの感じをむしろ思ひもよらないゆきずりに味つた。ほんのゆきずりであつた。それは日本の藝術がもつ日本の本有性が、どうしてもその形のふるさとの新羅や百濟と異つてゐたからである。それは形態や儀軌上の方法では同一であるかもしれない。享ける印象と感覺が、やはり日本は日本であると教へた。私はきのふけふの流行で佛像や繪畫を見るやうな日本研究をしたのでない、私は古代日本を知らないで萬葉をよみ、蟹行文字のイロハを學び出した少年のころから、古典藝術の環境の中で成長してきたのである。私は上古の日本の開港場に憧憬をいだき、遠い薩摩のはづれの山川や坊津を訪れた。私は流れついた朝鮮人の埋めたらしい壺を見るために隱岐の海を渡つたこともあつた。滿洲に於て蒙古に於て又は熱河や大同に於て、私は日本の固有のものに何か心ひかれた。日本人はどこかにある既存の形にさへ精神と生命を與へることのできる人種であつた。その生命を與へた藝術には一貫して縱横に「日本」といふ血が流れてゐる。その生命を與へる對象は、自然のものでも人工のものでもよい。堺の十七世紀の詩人たちは、その構想した茶室の中にもちこむことによつて、朝鮮の雜器に、さはやかな神韻を賦與した。

　日本人の生き方は、美の宗教の中に住むことである。さうして日本では萬世一系の宮廷がつねに美の宗教の主宰者であつた。その最も美事に構想された歴史に於て、兵馬政権を臣下に委ねられた日にも、藝術と倫理の國體の歴史と美的世界の主宰者は至尊であり、院であり、又後宮であつた。われらの國の祖宗を祭る宮の藝術的表現は、つねに太古の和様から、一度も様式の外來的變化をうけなかつた。宮廷儀禮が一切唐様になつた日にも、このことは變らなかつた。美と趣味の裁可、この藝術の主宰は、中世に於てはつひに神祕と象徵となつた院と後宮が司つたのである。

日本人の生活の樂しみ方は、日常生活を趣味化し、美化し、さうしてつひに浪曼化する。そのイデーは朝鮮にも支那にもなかつた。私は有名な大陸の僣主たちさへ、その示威的大建造の中に住み得ないで、簡素の部屋に住んだことを今度の旅行で知つて感嘆した。物資の豊かさとか、脂つこい食物や、きらびやかな部屋に住むといふ、支那人の印象は、内地で教はつた傳說であつた。大帝王の私室さへ我らの私室と五十歩百歩であつた。私は桂や修學院に於て草木の起伏によつて豪壯の氣宇を表現された近世の大詩人にあらせられる後水尾院を、ひたぶるに尊敬したのである。遠州のいくらかあはれな藝術的人工主義を超えたところにあるもの——といふ形の問を自分に與へて、私は初めて人の語らぬこの院を思ひ出したことであつた。

しかし私は半島に懷舊のおもひにふけつてゐたのである。この日の偉大なわれらの事業、かつての交通路としての半島のみちは一變したのである。明治以來まさに七十年になるわが半島問題は、七十年にして内鮮一如の解決にくる可能性にのぞんでゐる。半島人は始めて世界認識を得た。彼らは毎日「皇國臣民の誓詞」をよむ。彼らは出征兵を送り、獻金はあひつぎ、銃後の家庭をたすけ、彼らの或者は初めて皇軍の一員として參加することにまでなつた。銃後奉仕の心は强ひられたものでなからう、それは半島に居住した內地人が、合併時と比べて質の異る人々が增加したことにもよるであらう。今日半島の田舍にゐる內地人は、合併時の京城で乞食をしてゐたものがやがて地主となつたといふやうな種類の內地人ではない。彼らは半島人と共に住み、共に働き、文化を與へ、導いた人々であるからだ。半島人の生活文化は決してまだ日本のやうではない。しかし日本が半島に送つた文化が、洋服や洋館だけではなく、やはり日本の精神文化であつたことが、今度つひに實證された。その現れはまだ微細かもしれない、それはさらに培れねばならない。それは世界的日本精神の一つの試煉でさへあるだらう。

朝鮮の半島人の間に起つてゐる一つの「日本主義」運動は、その點から多くの人々によつて注意さるべきである。その日本主義運動は、キリスト教徒の間に起つた皇國人民運動がその一つである。鄭南水といふアメリカの大學を出たインテリゲンチヤが指導者である。又別にある大東民友會といふ團體はかなり大きいらしい。車載貞などの大國家主義といふ。多くは民族主義（それは日本の民族主義でない）、社會主義、無政府主義、共產主義からの轉向者であることに興味がある。彼らはその理由として、世界認識が彼らに於て固陋の民族主義者より遙かに廣いからと云つてゐる。さうしてこれら半島の日本主義者たちの間では、日本の國家主義的な人々の間にナチス風の血の純粹が論議されないかといふことが問題になつてゐるとか、しかし日本の右翼人たちはむしろ感傷的といひたい程に、皇道宣布の意味での國際愛の感情家であることを私はよく知つてゐる。これらの半島人の日本主義の間には、驚くべきことには、すでに朝鮮語の廢止さへ叫ばれてゐるのである。その日本主義の勢力はまだ弱い、しかし北京あたりのインテリに、日支共存や文化提携の相談をするより、私は感情的に半島人に親近する。今日の日支親善はもう何年かさきのものである方がよい。私は今日の日支親善の論についてゆけないのである。

昨年の暮に「朝鮮人の進むべき道」といふ本を出した玄永燮は、これらの日本主義者の中で最も活動してゐる。私らは京城大學の高木教授の紹介で玄氏にあつた。さうしてその著書も知つた。この本は興味ふかい本である。既に二萬近くを出たといふが、東京では全然知られてゐない。ここには事變下の半島のインテリゲンチヤの日本主義態度が明晰に説かれ表現も亦生彩がある。朝鮮の生活への批判の深刻さも、著者の愛情によつて成立する。この興味深い本の結論は、朝鮮人がその個人の性能を生かして世界的任務をなし上げるためには先づ日本國民となれ、日本人としての自覺をもつことであるとのべたものである、あらゆる近代思想がその理想を失つて幻滅に達したときに、唯一に理想をもつものとしてあらはれたものは、日本主義であり、それはとりもなほさず「日本」の「國體」自體である。この書は朝鮮人に訴へると共に、むしろ日本のインテリゲンチヤの一部を啓蒙するであらう。この本の著者は附焼刃でないところで多くを語つてゐる。この本質に對して答へ方を知らないなら、この熱烈な「日本」と一つにならうとする精神的努力を無視するなら、それは日本の落度となることであらう。

玄永燮の轉向——玄氏は自らアナキストからの轉向事情をのべてゐる、その文章も一讀の價値がある——彼はそれを內地に於ける內地人の間での生活と、日本を描いた外人の著書の手引といふのである。これは二つが異る意味で我々に教唆することである。彼の背後にあつて、半島に於ける文化の新日本主義運動に、實に細心な活動をしてゐる綠旗聯盟のことを私は一言こゝで語りたい。半島の文化運動に綠旗聯盟が主要な役割をしたことは、あまり東京ではきかなかつた。若い活動的な團體である。彼らの運動はむしろ內地人を主體として生れ、まだ半島人に對して影響力は微細といつてゐる。綠旗聯盟の初めは、學生や若い女性を對象にした文化的運動だつたらしいが、それが漸次に新日本的イデオロギーをもつに至つた。城大豫科の津田教授が中心であるが、こゝにさきにかいた玄氏や森田芳夫のやうな有爲の青年がゐて、文化的運動をはつきり文化運動にかへつゝある。文武大亞といふやうな尖鋭な日本主義があらはれたりしてゐる。女塾や病院や海の家などまで經營してゐるから大したものである。しかしこの團體の初めの目標であつたものは次第に尖鋭に變化してゐると思はれ、その過程に於ける森田氏や玄氏の努力は、何か新しい朝鮮を感じさせる。半島にゐる內地人の青年男女に呼びかけてゐたものが、今は特に半島人にと變つてゐる。

森田氏と玄氏から私らは最近の半島の傾向を知ることが出來た。玄氏の世話で若干の半島人の富豪の私宅も見たし、又同氏の案內で私は朝鮮の裏街を見物した。それは內地からの旅行者のあまり行けないところで、普通の旅の文業者などあまり見ぬことだと、同氏の話であつた、私も一人ではゆけなかつたと思ふ。

別の日に私らは京城大學圖書館で奎章閣の李朝實錄を見せてもらつてゐた。ただものめづらしくその大型の本のページをいぢつてゐると、長身の堂々とした教授が入つて來た、それは安倍能成氏であつた。

旅信

十三日に奉天を出るとき朝八時だつたが、いつもより早いやうな氣がして、まだ朝あけにさへ似たと思はれたのも、遠い土地のゆゑか、と一人で考へてゐた。その澤山の貨車や客車の竝んだ構内に、五色旗の色をぬつた貨車があつた。何か異國を感じつゝ、少し浪曼的なものに思へたのである。

北寧鐵道の方のホームへは見送の人が入らない。すべて他人のことながら見送り人のない發車は少しわびしいほどになつかしい。われ〳〵の同客は大半若い將校であつた。それは非常に安心だつた。內地にゐる君は安心したといへばをかしいと思ふだらう。全くそのとき僕もをかしいと思つた。

別のことだが、けふ十九日、北京へきて六日めだが、もう毎夜おそい日は二時三時頃迄外出してゐる。勿論、T君が案內してくれるからだ。

ともかくわれ〳〵の同車の客が過半までわが國の將校だつたことはうれしい安心である。

汽車は曠野の中へ入つて進んでゆく。曠野と云つても砂原のやうな、砂丘のやうな、又川原のやうなところばかりで、ときどき山がみえたり、人間が歩いてゐたりしたのを見るとき、もうそれはうれしいことだつた。曠野の中に、小さい丘や、一人の人間の歩いてゆくことが私の氣持を無やみに昂奮させた。

山の景色の變化や野原の形式の變化は、繪心のない私の筆でうつし出せぬことを殘念に思ふが、十時間あまり、夜天津につく迄の間に見た景色の變化は、充分に私をなぐさめてくれた。考へてゐたやうには曠野に苦しまなかつた。人間があるいてゐるのを一心にさがしてゐて、一人二人を見つけても、お互に報告しあふ位のありさまで、丘や山のかげにきつとある支那人部落も大へんなつかしかつた。

その土着の支那人部落の住宅樣式が、朝鮮よりむしろ日本の感じなのもおもしろかつた。といへば、南鮮より高麗の方が日本の感じをしてゐたことも考へるとをかしい。

長い廣い果のない曠野だつた。私はそこで寫眞でみた北方系の帝國の作つた大建築のイメージを味つてみた。こんな曠野に附隨する唯一のものは、藝術でなく、大きい結構であらうといふことを考へる。これは曠野の與へるイメージである。だから私は別して大結構を情熱した北方的帝國を、われらの生國より偉大とは思はないのである。ある情熱の形式としての曠野は、民衆をいざなふさきに、英雄をいざなふのである。こゝを舞臺とした一つの繪卷を考へて見給ふがよい、無限にまでさびしくすさまじい人間大衆無常迅速の行爲としての、一大修羅場の出現を考へるか、ないしは、救ひのない追ひ立てられるやうな建築を考へるだらう。近世の英雄たちが曠野の中へ入つていつた悲しい牧歌的人物であつたことを私は考へた。これは唐代の詩人以來の人々の共感であらう。近代市民社會的な「旅への誘ひ」の如きはものの數ではない。例へば遠い唐代詩人の遠征と勝利を歌つた詩を見給へ、あれはあきらめや、ヒユマニズムでないのだ。曠野の誘ひは、すさまじい、さうしてそれは茫大な建設と破壞のイロニーである。

この意見からおこる現代的感想を、君らはお互に内地で輕蔑はせずとも、太平の民の空語の一つと進んでしてゐるだらう。

さて藝術の世界でさへ、第一流のものだに直接で絶對的でない。その感受にさへ一つの訓練が必要である。この訓練のためには、徒勞と浪費とその上に虐殺が要求される。要請といつたなまぬるいことばではないと思ふ。

こんな意見を君も贊成した、さうして僕が空語閑談と見たとき君もさうした。僕は責任をもち得ない言動を、空語閑談の形式で發表する自由は今さら要求しない。それは明らかに文學者の權利としてあるからだ。さうして私は今さういふ文學者が、文學者の權利にかへらねばならぬことを痛感してゐる。

曠野の誘ひの中で、私は果しもない野原に、たま〳〵一人の人を見て涙が出るほどになつかしんでゐた。

この一日の汽車の中の結論だけ云はう。農業といふものが、一切の放縱の思想や行爲の反對のものであるといふことである。それは廣い野原を一口づつ喰つてゆく——その雄大な地道の行ひは、この世の放縱のまさに反對のものである。

耕された土地から生れたもの、その汗の匂ひのしみた藝術や文化と、曠野の誘ひの形式を素樸純情にうけたものとのちがひは、私が六年餘りまへの朝鮮の旅日記の中へもかいたのだが、それは今も變りない。

私の汽車は、この手紙のこゝまでは、まだ滿洲國内の線、無理に云へば北寧鐵道の始め、京奉線の中ばを走つてゐる。この鐵路——今世紀に於て最も浪曼的な日本が世界史の將來に拓きつゝあるこの雄大な交通路は、古代からいくどか作られた世界の交通路の中の大きい一つとなるだらう。まさに一つの革命である。この鐵路を東から西へ入る人々は月に七千、そのうち山海關を東へ還る人は五千人といふことだ。

この浪曼的世界交通路のイメージを私らが浪曼的世界文化から謳歌する時、内地の人々は國内の疲勞恢復や將來を慮る理論をうち立ててその責任なさをなじるし、こちらの出先の人々はその上に加へて、支那の再建の理論的解答を求めるのである。

私は信じてゐる、この北のみちは、今世紀の最大の浪曼それ自體であらう、この雄大な美事なみちは、やがて世界史の上に一つの人文地理學のエポツクとなるだらう。この人文地理とはまことにインターナシヨナルな、一切の人に價値あるものである。

今日の走りがきは北寧鐵路にさへ入らずにきれて了つたが、やがて又次を送る。支那の藝術や、支那人の人間性格をもとにした政策立案、などについての云ひ方で、私は少々けふの一等妥當的な共通意見とちがふものを思ふから、それは又かくこととする。

（北京にて五月十九日）

北寧鐵路

小凌河に臨んでゐる錦縣は美しい町だつた。もう內地人が一萬人居るとか、廣濟寺大塔は故都の象徵である。さうしてこゝから近い義縣萬佛堂には北魏の石佛がある。私はそこを訪ねたかつた。雲崗に行くそのさきに手近いわが古藝術の兄弟の國の故鄉をとひ、さうしてむかしの交通傳播の途中にあらはれた樣式と感覺の變化の段階をみたいと思つた。しかし錦縣から汽車を乘換へて一時間、その義縣は思ひつゝ通り過ぎねばならなかつた。歸り途に、承德から錦縣に出る途中であるひはと思つたが、丁度大凌河が出水してたうていい河向うの萬佛堂へは出られぬ始末であつた。しかしこれは後日の話である。

錦州あたりからもう風に砂が交つてくるのに驚く。蒙古から吹いてくる風である。

山海關につく、稅關が入つてくる。山海關はその文字の如く、前に渤海をひかへ後に高山を背にした山海の關である。古來北方の者の南下するとき必ずこゝを越した。隋末より現在に及んで、昭和八年一月一日の山海關事變は我國民に周知のことである。近くは張作霖もここを越えて北京に入つた。古來大陸に於て皇帝を稱したものは必ず北京に入つたのである。さうして北京に入つた何人かの皇帝は山海關を越したのである。山海關で私は日章旗のはためくのをながめて感激に耐へなかつた。長城の三十二關は明太祖の築造であり、山海關城も同じ洪武年中の築城であつた。この陸路を月々數千の日本人が關を越えて大陸に入る。我々は旅人にすぎない。釜山より大陸に連結する線は超満員である。日に二回、特別急行をしたててそれでまかなひきれない。海の航海は何日か以前に申込んで乘船おぼつかない。しかし我々の經驗では、旅舍は決して不自由でなかつた。待遇は惡いが宿料は內地の程度である。ただ天津の內地人ホテルは惡かつた。張家ロも惡くそれより遠い西が反つてよい。北京の話ではもう北京は日本人で飽和してゐるといふ、そのやうにいたるところに、日本人の姿である。しかし北京の內地人の店で買つた日本製の菓子よりも、綏遠の支那人のうる同じ菓子が、安價なのはどうだらうか。北京が飽和しても、まだ北の新天地がある筈だ。京包線で會つた後備の下士の人が話しかけて、宣化や下花園や懷來のあたりなら現地除隊をして定住したいといふと、傍から口をはさんで、涿鹿や陽原は、氣候よく果實が稔つてもつとよいと云つてゐた。北京が飽和してもよいだらう。おでんやの開店してゐるのは、今では大同にそれがあつた。飛行機で包頭まで、鮪のさしみなんかを送るのも、よいのか惡いのか、私には一寸わからぬのである。本當に皮肉でない。わからぬのである。さういふことは現地の感覺が決定するだらう。無駄と有用を、內地の何某のばあさん女史イデオロギーで決定してゐるのではない。日本政府はこんな大事件になつても、まだあんなばあさん女史たちを供與する程に餘裕があるのか、これは大體無駄をしてゐる、私はさう思つてゐた。旅行中は大てい閑なのだ。戰爭のあともきつと閑だらう、大きい戰ひの終つたあとの、恐ろしい久しい靜寂の中で、今日百萬の若者が何をどのやうに考へてゐるか、それを思ふと私は怖ろしい。時代は勇氣と大膽と同時に小心と緻密をもつ若者を要求し、さうして作つてゐる。戰爭はそれを要求し、兵士と兵士の肉親は今共通してゐるのである。さうして日本は作られてゆく。戰爭の意義得失を疑問しても、この事實は疑へない。

私は驚くべき浪曼的な兵士たちを見てきた。毎日長城の突端に日章旗をかゝげるために、彼らはあへぎつゝ、その斷崖の城壁をはひ上るのだ。それは居庸の絕壁であつた。さうしてその兵士の――一人きりでゐる、その直立不動の姿に、どんな文學も活動寫眞も報告し得ない今日の日本の浪曼的象徵をはつきりと私は知つた。長城の山河を背景にしてそれは想像できない美しさであつた。歷史と風景が未來に拓かれてゆく瞬間の歌の一つの象徵主義である。それは北京でみられぬだらう、南京に見られるだらうか。私はどこでもよいこの一つで充分であつた。

私はもう山海關のことをかきつゝあとさきに錯亂した。私は車旅の退屈の間に、この長城の持主を考へてゐたのである。誰がこの蜒々とのびた長城を己の庭としてゐるか、さうして私は皇帝の氣持を考へたりしてゐた。ずつと後になつて、この長城の持主が滿洲國皇帝陛下であることを知つた。昭和八年十一月の善後處理の條目に、日本軍に占領された支那側接收地域を、長城線を含まざる以南以西とあるからだといふ。山海關より獨石口の向うまでの長城の持主は滿洲國皇帝であらうか、或ひは滿洲國といはねばならないのか、さういふ嚴密のことは私は知らない。私は退屈だから、いつまでもとりとめない旅中の感想を一人樂しんでゐる。我々は持つ國持たない國といふ今日の世界再分割の合言葉をきかされてきたのである。持たない國ならば持たねばならぬのである。しかし單純に生物學的な範疇と現象に於てさへ、日本の問題を內地の規模で解決しようとするイデオロギーはもう崩壞した筈である。領土的野心がないといふことを何回か世界に放送した日本である。（野心はないが良心はある。といつた將軍があつた。その叡智の神經を私は尊敬する）。支那人を對等の兄弟として遇するといふ日本である。この日本は一貫してゐる。私はこの一貫を心配する。しかしアジアの民族として、同じアジアの民を非倫の境遇より解放する聖戰であるといふ浪曼的スローガンに私はやはり心から共鳴するのである。單純な人道主義や單純な帝國主義でない、まして近代の自由主義でもなく共產主義でもない。この高度の日本人の——主に兵士たちの感覺は、やはり日本主義である。私は日本主義の理論を作らうとは思はぬ、要求もしない。その生みの感情をもつて生れ、今その實體にふれ得るからである。私は思ふ、もう一つの大衆の雰圍氣が生れてゐるのである。ただ革新の指導者が早急に現れない、それは日本の着實さの反映でさへある。ただ我々は大衆と群衆を分たないで、倫理の確立と心理の研究を困亂させるやうなことがあつてはならない。

從つて日本人の戰地レポートが、日本神話から發想され、神武東征から語られてゐることを荒唐と思ふインテリは、むしろその無知をこの現實の、現地の中にあらはれた信念によつて嗤はれるのである。日本のインテリゲンチヤが現地報告に求めるのに、客觀的なものといふ、これは正しい、しかも彼らのいふ客觀的は悲觀的消極的の意味である。彼らの發想は十九世紀的知識と理論（經濟論も入る）の變革の可能と、その變革の必要、又は進んで必然を考へてゐるのではない、この現實の事實を理解せずして、この舊來の知識の結論を満足させる報告を客觀的と稱してゐるのである。私はかゝる發想の占める大きい勢力をも怖れない。彼らが何を客觀的といふか、何故それを客觀的といふかは、明白である。それは固定した教養と頭腦の保護を表現するのである。戰爭はまことに消極面をもつだらう、生がある如く、死がある。さうして我々は互に眞にせまつた表情をもつて、その消極と悲觀を何時間でも喋れるであらう。しかし今の日本人は昂揚してゐる。その民族の心は悲觀的材料を喜ばねばならぬ程に逆境でない。私は發想に於て現代の日本の動向に反對的なものを、感覺と感情から憎む。表現によつて日本を惡口するものよりも、その發想の反日本的分子を憎惡する。日本のインテリが現地報告の客觀性として望むものは、一顧にも價ひせぬといふこと、それはその發想が、現在日本の動向の發想に背したところに作られるからである。我らのインテリの考へさうなことは、大衆も、兵士も、将軍も、みな考へ疑ひ惧れ、その上で戰爭してゐるのだ。客觀性とは何か。彼らのいふそれの認定は、彼らの主觀がするのである。ないしは彼らが昔におぼえた理論の百科全書に照合す。さうしてそれらの理論と百科全書は、白人専制とアジアの植民地化を理論づけた論理の蜘蛛の巣である。さういふ民族壓迫の論理によつて肯定された世界情勢論——アジアの分割と隷屬を永久づける理論を、今日の日本は粉砕せねばならぬのである。この時明らかに「支那人」は日本の理想の敵である。この支那に對し、十九世紀文化の組みかへによつて作りあげた文化理論や思想を以てあたらうといひ、己らの知識人的特權を利し、己らの位置を戰場の日に得ようとする一切の老朽思想家と教育業者と俗文士は、我らの內の敵である。老朽した精神と知識が、今日たゞ慣用と有名の文化の名によつて未來の同一の名のものと同一性をもつと思ひ、新しい戰場に今日以後の將來の指導性をもたうとし、或ひは職場を得ようとすることは、夥しい無知の冒瀆である。文化人の任務は何か、戰場の勇士たちの現實と感覺と發想に近づく戰ひを己のうちに作りあげることだけである。

しかし從軍者のルポルタージユに單純に戰況の日常生活をといふことも私はどうかと思ふ。「日本人」にしかかけないものが必要である。何となれば日本人はその日に於て純粹に歷史の日本人である、日本の血統と歷史が集約したものとしての日本人である。日本人が支那人の立場で敵に向へるか、毛唐に共通する氣持で支那人と戰つてゐるか、三千年の歷史と血統がこの身體に波うつてゐる日本人である。その日本人としての立場の假定を、私はドイツ人にもアメリカ人にも今日こそ許さない。さういふ純粹な知性の立場を他國人に許さぬさきに、理性の立場はさういふ純粹の假定のあり得ないことをまづ要求するのである。

我々は國民である。さうして民族である。己らの手によつて己らの父祖の祭祀と日嗣を三千年に亙り絕やしたことのない民族である。我らの一兵は國民である。しかし京包線の沿線に今も殘つてゐる敵の屍は、國民か、民族か、私は何かそこに純粋といはれる人間と知性を眺めたのである。

だから現地報告は新聞記者がしたやうにすべて美談の形で表現されてよい、それで正しい。さうして、詩であれば一そうによい。一民族が昂揚してくるとき、歴史さへ大なる抒情を奏でる。詩人の歌ふ時である。しかし新聞記者たちの感動の美談報告がもつ誇張――それで七〇パーセント正しいのだが――と、現地の兵士の語る誇張の表現の中には今日虚ろな距離がある。この距離は當分埋めがたい、歴史的立場のレポートはいつかその距離を埋めるだらう。低音部をきいて大きい振幅で表現するといふやうな差にかなりの距離が思はれる。この距離は、しかしいつか埋められるだらう。その時に私は大きい希望をいだき、それを思ふと心が動搖する程である。この距離の造型はまだ氣づかれぬことであらう。それはやがて、日本の文化と造型と表現を變革する混沌の母胎である。この母胎はあと七年にして徐々に影響を殘すだらう。七年によつて日本の老朽した各分野の思想的實際的指導者は死滅し、戰爭はまづ一段階に到るだらうからである。日本の運命はこの七年にかゝつてゐる。

旅行は困憊し、疲勞してゐても退屈である。私は不遜にも、それを戰場の一時に比較してみた。灤縣といふ驛は、河に沿つて美しい町であつた。私はこゝで日章旗をみた。國旗が眼につく。北寧線に入ると一寸様子が變る。支那の汽車になるのだ。給仕がお茶を何回ももつてくる。しぼつたタオルをくれる。車掌が外國士官のやうに立派な風采で入つてくある。さうして北寧線の驛長は日本語を解しなかつた。この線は英國系利權の一つである。今度の事變で軍隊を輸送するについては一寸したエピソードをきいたが、此は私の舊聞で周知の事實かもしれない。

汽車は鎧戸をおろして、夜九時半に天津についた。天津の町ばさすがにさう〲しい。驛まへには日本人宿のポーターが澤山竝んでゐる、この風景は北京も變らない。日本人の巡査もでてゐるが、北京の入口に比べるとずつと開放的であつた。私らの宿のことでポーター同志が喧嘩したりして、そのお巡りさんに世話を燒かせたのも、かへつて落着き易い結果となつた。しかし自動車で町へ出て宿につく迄は大へん警戒嚴重であつた。不穩の流言があつた結果とかで北京の町も、その前後にあちこちにつくられたといふ防備のいかめしさが眼についた。だが私らも少々不安であつた、始めて事變空氣の中へ入るのだからである。體はそは〲して、空氣は騷々しい。活氣といふより苛立しい位と思つたのは、一寸はその不安のためであらう。しかし不安らしい感じのしたのはこの一夜だけであつた。かなり長い旅の中でこの一夜だけが不安の怕しいやうな空氣を教へてくれた。綏遠では少しも思はなかつた。その深夜にも危險の氣を思つたにすぎない。砲聲のきこえる包頭でも不安の心は起らなかつた、天津の第一夜――その夜は十一時頃迄佛蘭西租界あたりの見物をした。

翌日朝少し雨がふる、しかしやがて霽れあがつた。私ら三人は總領事館にゆき、天津のあちこちを案內してもらつた。天津の町を步いてゐるとその以前に排日文字の描いてあつたあとへもう仁丹や若素、味の素などの廣告が進出してゐる。驛の近所は空爆のあとがまだ無慙であつた。そこに北寧線鐵路局が新しい建物でそのまゝのこされてゐた。市政府あとは一物ものこさず爆破されてゐる。天津に籠城した居留民の話は生々しいが、何か遠い昔のことのやうな氣がした。天津より北京の方が支那人の人氣はよいさうだ、我々はさういふ話を斷片にきいた。市政府あとの戰蹟の荒廢の中に、日章旗がひるがへり、小屋がけのサーカスがあり、禮義廉恥の文字の額がかけてあつた。私はこの戰爭の目的を懷疑する方法も知つてゐる。さうしてさういふ發想からの意見もきいた。しかし何かのきつかけで、あるひは左翼より無政府主義より又は自由主義より、きはめて最近の偶然の瞬間に轉向した人々が、元來の日本主義者よりも、もつとのつぴきならぬ形で肯定し、感情で以て崇高の意味を發見してゐるのは何ゆゑであらうか。今日の日本には、一つの大衆の雰圍氣があるのだ、私はさうしてもう放縱に、たゞそれをリードする指導者をまつてゐる。色々の人々が考へてゐるより私はさういふものの力を見る。それは群衆的表現になつてゐない、大衆の表現ともなつてゐない、表現は一人の偉大な指導者が與へるのである。我々文化人の仕事は積極と消極の兩面に於て大衆的雰圍氣の出現を助長すればよいのである。そのスヰツチを押したら、その燈は一堂を照らすか、もうスヰツチの準備は完了してゐるのだ。しかしまだ日は明るい、それは大陸が新時間（日本時間）になつて、夕方が時計面でおくれたやうなものでないか。

私らはこちらで色々の支那通の支那觀をきいた。現地でさへ我々旅行者には、さういふ支那觀がなか〳〵に催眠性を振ふのだ。我々は支那人の人間性の研究に問題終結をおかうとしがちであつた。十九世紀理論と照らし合せるまへに、國家の運命をかけて、十九世紀の全叡智のきづきあげた全體系に變革者の立場をとる方法はなからうか。今日の國家の運命は今日の我々が荷へばよい、さうして明日の日本人はあすを荷ふだらう。我々は何の不平もなく、むしろ感謝と光榮の側面のみをとりだして、父祖の國の始末を荷はうとするのである。それは日本主義である。單純な國内問題の解決でなく、未來の建設が我々の任務である。支那人のためでなく、世界のためである、それは日本人の誇りのためである。

天津の町は砂交りの風が吹いた。我々は各國租界を見物し、南開大學にゆき、中日書院の戰場を見た。南開大學は空爆のあともすごく荒廢してゐる、しかしもう次の日にはここを一部公園として公開するといふ話であつた。

さま〳〵の美談はみな既知のやうであつた。壯烈な英雄的行爲のあとで放心した人のこともきいた。しかしその全精神と全神經と全知能を極端に一瞬に集中した人間が、その神の如きつとめをなしあげた瞬間に放心の虚脱狀態に達するのはむしろ當然でなからうか。私は大楠公が湊川に自殺したといふ話を、精神の上から敬虔に隙間なく肯定する。さうして七生報國のことばは、大楠公平素の心懷であつても、最後の述懷でなからうといつた天保の大阪の座付作者の言を信じるのである。私も亦巷の戲作者と共に、崇高にして嚴肅な自殺の瞬間を心で感じうるからである。やられたといつて死に、しまつたと叫び、さういふことばを私は新しく私の立場では飜譯せんでよいと思ふ。ある切迫の表現の飜譯者は、大たい、今日の我國では左翼的思考をとる。左翼的思考が、つねに飜譯だつたのだ、彼らは藝術の表現を社會學のことばに飜譯することに、神話を人間の物質的狀態にこじつけることに、文藝評論の任務を見たのである。しかし私には最後のことばは、そのまゝ、崇高無償の犧牲の歡喜ときこえる。獻身と犧牲のいまはに、火中に立ちて問ひし君はも、とうたひあげられた、かの古の妃の宮を私は考へるのである。

私らの思ふより、大陸の兵士たちは多く喋りたいことをもつてゐる。しかしさうすることで何か勞し傷めるやうな心が私にわき上る。私は欣んで報道と現地生活の報告をつとめねばならぬ文學者としての任務を放棄して了つた。向うでこちらの舊文明を注入せずとも、立派な文化が倫理として生れてゐるのだ。我々文學者は政治經濟の技術者でない。又私は神性の語をつたへる才能を少いと感じるゆゑに、專ら抽象的のことを語つて、現地報告を逃げる。あちこちの兵士たちに、向うみずに話しかけ問ひかけることを、職業意識じみてゐるとためらつてゐた。私の現地報告は抒情にすぎない。客觀的といふのは、不完全な數字でなからう、現地にあるものは內地で想像されることをうらづける危惧の事實のみでない、それらの一面でそれを押しのけて直進してゐる、この巨大な現實と精神の實體を報道することは、文學者の任務である。しかしその報道の事實は內地の若干インテリは認めぬかもしれない、何となればこの實在を認める體系は彼らになく、これを客觀づける理論はないのだ。こゝにたゞ新しい現實と變革があるからである。

戰爭を國內問題の解決にして了ふのは、日本主義の退步でないのだ。思想としての意味ではこの戰爭が形の上で無償でもよい、それでも日本のなしあげた最大な世界史的事業は進捗する、さういふ偉大な浪曼的事實を、また浪曼的感想を、私は蒙古を流れる大黃河沿で現實に身にしみて味つてゐる。

北京

ブルーノ・タウトに對する感謝の聲が、日本の朝野の風流人から放たれてゐるとき、私は極端な憎惡に近い反撥を、その日本美論のくりひろげ方に對して感じることを禁じ得なかつた。むしろ日本に過分の好意をよせてゐると思へるこの異國人に對して私はその書を擲ちたい位の拒絶を感じてゐた。それはずつと遠い日である。さらに古く私は日本の民藝趣味家を喜ばなかつた。

五月十四日の夜九時四十分、それはすでに深い夜である、私は北京の町へ入るまへに、何故か、さういふ東京の陋巷の感想をゆつくりと復習してゐた。その夕方廊坊の驛をすぎるとき私は構内の戰死者の木標を弔つた。そこには日本軍を信頼せよといふ自治會の告示も出てゐた。北京の驛では、憲兵隊が一々審問して我々を通す。北京ホテルの車で、まつくらな正陽門の驛を、城内へ入つた。北京のホテルの第一夜は決して心地よくはなかつた。我々は支那旅行者から、支那人を輕蔑するに足る彼らの習俗をきいてゐた。第一夜からして、その實證が始つたのである。

泥でできた聚落と、あの醜惡な男たちの風景――さういふ大陸へ、我々は拔群に優秀な若者を夥しく送つてゐるのである。大君の命のまに〳〵征くことが、我らの國では理想と目的である。大陸への征旅――今世紀に日本が行つた大遠征は各個に於ては犠牲と捨身に生きる無償の美しい壯擧であつた。その意義を理解するものとして、私は、「教育」といふ概念をあてはめる。驚くべき果敢な日本主義である。この理想主義には精神の變貌を意企する教育があるにすぎないものかもしれないからである。さういふ大陸への遠征は、一人のジイドがアフリカに行ふ以前に、ヨーロッパの國民は試みたであらうか。しかもジイドに於ては捨身でなく個人主義の發想からであつた。ヨーロッパ人にとつては、モスクワがすでに幻滅であつたやうだ。大陸が目的であつた、あの英雄コロンブスにさへ大陸は一の致富のものであつたのだ。目的のない旅の門出を歌ふ讚歌はかの蒙古人が表現力を得なかつたために、古今東西にまだ存在しない。ゆるやかな汽車にゆられて、安樂な旅を大陸に試みつゝ、私はやはり芭蕉の慟哭をきいてゐた。東洋平和のためならば、と歌つてゐる國民の虛無にまで濾化された理想主義精神の純粋さを、私にはけふの言葉で造型できなかつた。辛苦や美談の報告にもまして、この日本人の心情の造型こそ、現下の詩人の任務であらう。緑の多い時季にかゝはらず、大陸はから〳〵とひからびて、極端に晴れて透明な空の下に底しれない白々しいものを味はせた。一つの血の理想主義がデカダンスにならうとする時期であらうか。合理的に日本主義論への轉向が風靡してゐる。私はその精神のあるものに於て、デカダンスよりもかなしい墮落を感じる。だが古來の日本の民族の血の理想主義の頽廢は建設のイロニーにすぎない。辛苦や、不滿の意識の死滅した瞬間をまつて、戰鬪は開かれるのでなからうか。或ひは戰鬪がさういふ瞬間を作るのだ。それは透明の世界である。全員が死滅に瀕したとき、指導者は氣分轉換を下命するのであらう。突擊路が開かれた瞬間に、すべての苦鬪の難儀は萬歳のさけびに代り、さうしてうつろに近い勝利の快感を味ふのでなからうか。神の神々しさはこのうつろに近接してゐた、そこに私は英雄が人工した心も見た。神の世界に附隨する怖ろしい勝利の歌はつねに虛無に近かつた。私の步いてきた大陸の曠野には、乾からびて貝殼のやうな光澤と觸感をもつた日照草のやうなあやめ草がさいてゐた。それは高い高山の植物に似てゐた。さういふ曠野は合理的な建設やプランよりは、一つのイメーヂを與へる。イメーヂと想像が、何かの建設の指導力となるのである。その想像力を根據とする建設は、全く何かのイロニーの表現に他ならぬと思はれる。戰爭はこの想像を母胎としイロニーを故鄕とする。大陸の代々の歷史が生んだ思ひもよらぬ天才たちは、つねに帝王の形式で出現されるのである。滿洲から起り、蒙古から入り、さういふ形式で野蠻が一步中國を征服したとき、彼らの指導者は、何人も豫想し得ない絢爛とした大建築を創造した。しかし今日の日本は野蠻ではない。私はたゞそれだけを怖れる。

ヨーロツパ人の都市經營は、大陸の港に、放射道路をひらいたのである。舊城の外に新市を拓くのである。しかし熱河を見よ、野蠻を征服してきた侵入君主たちは、曠野の中央に大都を建設した。千年の歷史をもつといふ北京に、しかも殘るものは乾隆趣味以外に、以前もなく以後もない、公民巷もこゝでは乾隆帝の裝置の部分にすぎない。想像を絶した大皇帝たちのもつたイメーヂは、しかし永い年月の間に社會生活者としての支那人と、農民としての支那人に破れたのである。從順の市民的屈服によつて、野を耕す農によつて、彼らは永久な反抗と不逞を表現したのである。地球の冷却する日に、人類より一日の長を保つものは、もぐらやみゝずの如き地にはらばつた種族かもしれない。支那人は希望と理想をなくしても地にはつて生きうる種族である。理想と生活力が、大陸で今闘つてゐる。この戰ひは始められたばかりである。大陸に於て理想はひよわいにきまつてゐるのだ。それはすでに歴史が證明した。しかし私はその大陸でつひに孤獨を味はなかつたのである。ともかくも千年の都である、女の美しい位が何であらう、あの北京の町の男たちを見よ——支那で生れた私の友人は、東京の場末の汚い酒店で語つた、それは昭和十三年の早春である。我々の國の軍隊はすでに北と南から中原へ進んでゐた。しかし南北より進んだ皇軍が、中原を縦に貫いてその歴史的握手をかはした日、私は北京の軍報道部の一室で人をまつてゐた。そのころ北京の町は猶ほ不安の流言にみたされてゐた。しかし日本人は不安を不安として語つてゐた。このことは內地へ報道する表現に於て困るだらう。治安日に惡しといふ一句は、ある時には治安よしと同意語である。物質の世界と事件の世界に生きると共に、日本人は氣と心の世界で生きてゐる。この客觀性を忘れてはならない。さまざまの流言をかたりつゝ、日本人は浴衣がけで北京のあらゆる場末に出入してゐたのである。その數日後私は徐州陷落を祝ふ支那人の旗行列を見物した。それは五色旗と日章旗をもつた行列であつた。彼らは默々としていつまでも歩いてゐた。樂隊までもつた行列は長々といつまでもつゞいてゐた。それは內地の新聞にも報道されてゐた。だが彼らの行列から、私は國家とか國民とか民族といふ、けふの偉大なものの發想と聯想の根據になるそれらの何一つをも感じなかつた。一般に私は北京で、文化の絕望を味はねばならなかつた。

私は北京で二つの文化を見物した。それは彼らのインテリゲンチヤのもつ文化と、民衆の文化とである。私はさういふものを文化と云ふことによつて、むしろ言葉のデカダンスを怖れねばならぬほどである。もはや千年の都北京には、唐宋文化の何ものも殘さない。こゝにはすでに明の永樂帝の精神の片鱗を示すのみであつて、私はその精神の廢滅ぶりに、むしろその方に驚異を味はつた。しかし乾隆式が一色に北京を支配するのは、反つて偉大の名をこの滿人皇帝に冠するに足りるであらう。漢代より始つて、支那の藝術史には樣式の歷史さへ存在しないのである。これも亦私の驚異するところである。周代銅器の繁瑣主義の修飾傾向は、今の北京の市民生活のもつのと同じデカダンスである。我らの先人が支那の驚異としたものは、その修飾傾向のデカダンスにあつた。今の北京のデカダンスは、西太后の萬壽山に極る。私はこゝに世間の婦女子の手藝の極地をみたのである。これはなつかしい少女の純粹が豐富な贅澤と、わがまゝを許された場合である。――しかし萬壽山の結構のうち、その唯一の藝術的センスである組合せの角度觀は、後に熱河離宮を見るまで私を考へさせるに足りた。しかし熱河に於て私は萬壽山の數倍の大藝術の精神を見た。西太后は熱河を見なかつたであらう、しかし手本は熱河にあつたのだ。切紙細工の熱河―

—私はさういふ萬壽山を見た。しかし民國政府が修繕した萬壽山を、今皇軍の勇士が、守衞してゐるのである。有名な大理石舫はペンキ塗の茶店になつてゐる。さうして太后居室や光緒帝寢室のあとなどをながめて、私はむしろうらさびしいつましさを感じた。寢室兼書齋の方にある帝の白木造の机の木材は知らないが、私には後に熱河で見た乾隆帝の居室に比べたとき、何か質素の美を後者に思つて、前にはむしろわびしいものを感じた。支那の大皇帝の盛時にさへ、外蠻に對する示威と居室の色彩は大差あつたやうである。東山殿の茶室に私は何か王者の精神界のきびしささへ感じ、近い近世に於て、その雄大の氣象を展くなくして終られた、後水尾院の桂や修學院に於ける大精神の表現に驚嘆したのである。支那の大帝王さへ、つねに繁瑣主義の脂つこい日常の中に生活してゐたのでない。私は萬壽山に於て、西太后の無邪氣にほゝゑましい女子の手藝をよろこんだが、同時に、支那の大帝王の日常生活のうらさびしい程な、簡縮のその日を見る思ひがした。萬壽山の西太后居室は一般非公開のものであるが、茂森唯士氏が我々を案內してくれたのである。私は世に喧傳する萬壽山をまづながめて、支那現代文化の何ものでもないことを知つた。さすがに萬壽山は驚くべきものである。しかしそれは驚くべきもの以外の何かの價値でない。美しいといへばさきの日の北海公園が美しい。萬壽山の正面の庭にあつた太平花（Philadelphus Pekinensis）を私は手帳に寫した。さういふ知らない木の花の名の方が私にはなつかしかつた。藝術や建築によつて何か別途の目的を表現するものは、さもしいデカダンスをのがれ難いのである。私は大藝術の運命を知つたけれど、同時にその必要を大陸で知つた。諸外國から西太后に獻上したものは主に玩具のやうなもので大權力者の子供らしさがほゝゑましい。田中克己君に聞いたところでは、乾隆頃とか紅毛人が葡萄酒を一ダース程獻上し、そのときに書記官がガラス瓶の美しさを誌してゐるが、我々の知らない美辭をつらねて何ともいへない名文ださうである。彼らはガラス瓶を獻上したりして、港灣や炭田の利權をもちかへつたのだ、尤も彼らが拓いた土地で最後の利得をうるのは漢人らしい。西太后の居室の玩具には、すべての名器を南方に運んだ蔣介石もさすがに手をつけなかつたさうである。さもあらうことか、私も亦日本より獻上された銀製の軍艦模型と刺繡の屛風を心易くながめた。玩具がすきで、刺繡がすきで、書をかいてかゝげることも好きな（この最後だけは乾隆帝のまねだらうが）西太后には、金銀珠玉を自由に與へられた女性がする手藝の結果がある。女性の理想の最後をきはめて了つた人であらうか。今ならば油繪の抒情畫をかく現代女性となつたかもしれない。私は少女の理想の、むしろなつかしいあはれをこゝで見た。愚かしさではない、かなしい不潔さとさへ思はれたのだ。つねに貧しいものは救はれる。

誇示と示威を表した大建築には、こはれやすい憎しみと醜くさがかくしきれない。萬壽山は明代にその濫觴をもつが、すでに久しくすたれてゐたものを乾隆初年に再興し、規模一新したのは西太后時代である。咸興十年（皇紀二五二〇年）には英佛聯合軍が、圓明園離宮を砲擊し一炬灰燼に歸した。同じ時萬壽山もあらされたのである。今日本軍は萬壽山や故宮、天壇などに兵を派して一物も損ねないやうに守衞してゐる。天壇を砲擊する氣魄の必要——そんなことを私はふと感じた。恐らく英佛軍ならば、まづ大砲をその天壇に放つて侵略の軍を進めたであらう。さて萬壽山の造營には、北洋水師の全豫算を廻してなされたのである。さういふところにもわがまゝな女帝らしさがある。今更北洋艦隊と萬壽山を天秤ではかららうと私はするのでない、まさに國滅んで山河其のまゝである、悠久とした大陸の僭主は艦隊を作る代りに萬壽山を作つた、その二者を同じ眼で見た、私はその眼を羨むのである。人民のもち得ぬ眼である、しかし西太后の居室のつゝましさの中に、私は一方で我々人民の境涯と變らぬものを眺めた。大陸の僭主さへあのデカダンス化した脂つこい修飾主義の中に日常のいきしてゐるわけでない。萬壽山を建てず、議事堂をつくらず、大學を建てなければ、黒鐵の浮べる城をつくり得るのだ。しかも歴史に於ては大學も議事堂も寺院も、國を守つたことがある。さゝやかな宣長の私塾が、國家の干城となり、一本の山陽の筆が國家の大を救つたこともあるのだ。大陸は私に反つて日本を教へた。私は大陸の曠野にゆきつゝ日本の一筋の道を見てゐた。幸か、不幸か、戰爭の終つた地方へ旅した私は、遙かに遠い遠雷のやうな大砲の響きをきいたのみで、戰爭をうつす擬音文學はかけない。戰爭文學の唯一の能が、擬音かないし戰場を場面にした通俗文學か、これでは從軍作家たちの報道も、新聞記者が身を最前線に挺して蒐集した美談に劣るだらう。戰場の美談はあまりにも我らの詩人によつてうつされず、我らの詩人たちのうつしたものは、多く限りなくたえ間ない己の轉身の經過報告であつた。ないし將來の見透しを語る景氣情報であつた。

歸つて閑暇を得た日、半年ぶりに諸雜誌を通讀し轉々私は感慨を禁じ得なかつた。多くの作家はおしなべて國策の線に沿ひ、政府の方策に追從して了つて、つひに國策の線に沿ふことに文學の機能を停止する安住の境地を發見したらしい。我らの「日本論」の意企はさういふものでなかつたのだ。その安住を得て、遂に「文學はどこにあるか。」私は新しい戰爭文學、しかも最高次文化に達した日本人の戰爭文學をさがして、若い下士なる眞田雅男氏の「蒙古」一篇を得た。身を委ねた作家ばかりとなつた。しかも命をうけて捨身した小說家がないのである。私は安住と思ふ。そんな時一人の河合教授の執拗さを私はふとして感心するのである。しかし教授の執拗な末期のあがきには、彼を追究してゐる權力と同じものの支持の表現を見るにすぎない。それは教授の執拗さの根據と客觀は、教授の思想や人格や信念でなく、論理的な國家權力の背景がなしてゐる。驚くべき矛盾とはいはない、浪々の思想家ならば一歩も頑張り得ぬ境地で、執拗さの外觀を支へてゐるものは、「教授」なる官吏の地位にすぎないのだ。日本の國家權力の自由性と抱容性を示して、民間文士の轉向のあつけなさと同時に論ずべきでない。

國家權力の樣相の證明に河合教授はあげられてゐる。私は日本のためにそれをまだしも祝福する、それは同時に今日の日本の現狀と、將來に對する杞憂悲觀の論を反撥する一例だからである。私は歸來の感として、浪々の詩人が歌はねばならぬ文學はどこにあるか、それを痛切に味つたのである。

北京についた翌朝、北京ホテルの露臺から見た故宮紫禁城の美觀はさすがに我らの眼を驚かせた。まことに朝陽に映じた美觀は云ひがたく、四百餘州に君臨する天子の住家とふさはしく感じられた。數箇博物館として開放されてゐる部分や、諸帝皇妃の寢殿も他日に一巡したが、紫禁城を中心にした北京は樹木の多い遠望の美しい町であるが、一歩紫禁城の外延に於ては云はれる程の美都を私は不幸にも感じなかつた。泥の家と埃の町は、季候のゆゑか、住民の汚さと混じて、異樣であつた。あの堅固の土壁の中の汚しさは樂しからぬものがあつた。故宮博物館も藏品の多さにか丶はらず、支那的な雜夥を示すに止つた。建物の感じはさすがに萬壽山と比し得ない。永樂五年に創め、順次の修補增築に加へられて彩色も大率新しい。その天子親政の宮殿の雄大さはさすがに驚くべきものがある。歷史博物館、古物陳列所、故宮博物館とみな公開されてゐて、我らも亦香妃の浴室といふ土耳古浴室も見物したが、乾隆晩年のデカダンスを殘す符望閣のあたりは見ることを得なかつた。北京についた翌日の午過ぎに我々はM氏の案內で景山に登つた。晴れた空が忽ち曇り雷鳴と稻妻がはげしくして大雨がふり寒冷を感じた。しかしやがてはれた光の中に、雨でぬれた故宮の眺めは一段と色さえて、何か甲斐ある思ひがしたのである。景山の登り路に今も明の哀帝の自縊されたといふ槐の木が殘つてゐた。李自成の軍が北京に侵入し、哀帝がこ丶に自殺されたのは崇禎十七年（皇紀二三〇四年）のことである。明の社稷はこの山下に滅んだのである。明代文化一般は實に永樂帝の如き偉人を以てしてなほ單純な漢人文化の復古より出なかつたのである。

中央公園では國の動亂を外にして、市政府で栽培した牡丹花が美事な大輪にさきそろつてゐた。牡丹は支那の國花だつたとふと私は考へて變な氣がした。こゝは社稷壇のあとである。この壇は壇上の堆土と圍壁の色が四方相異つてゐる。漢時代よりある五行說に基づき中央を黃色として、天子中央にあつて四方に君臨するに寓してゐる。天子の禁城の甍は黃瓦を用ひ、御衣に黃櫨染を用ひた。庶民は黃色の濫用を禁じられてゐたのである。黃河沿より出現して帝國を作つた漢人種の情緖のふるさとであらう。我らに北京の町を見せてくれたのは、高等學校以來の舊友竹內好君であつた。竹內君は北京に居住して二歲であるが、東京帝國大學で支那古典文學を專攻し、さらに現代支那文學の硏究家として殆んど唯一に近い新進有爲の詩人的學徒である。それに加へて東京帝國大學で東洋哲學を專攻して、北京に留學し、事變時、北京に籠城してゐた神谷正男君が案內役をひきうけてくれた。さらに北京の住なる村上知行氏にひき會はされたから、多角的に北京を一覽するには、これ以上の敎導者はもちがたい。滯在半月あまりにして、厚顏に北京を語りうるのは、これらの人々の案內のゆゑである。私はすべて竹內の作つたプランによつて步いたにすぎない。中央公園から始るのも竹內の導きである。我々は何日か北京の名勝を順歷してゐた。東嶽廟、國子監、孔子廟、雍和宮、隆福寺などと、相當慾ばつて叮嚀に步いた。城外はまだ治安よくないと云ふが、城內は深夜まで我々は洋車で步き廻つた、あけがたのホテルへ歸ることも再度であつた。觀象臺は城壁にあつて、その上からの北京城壁のながめはよい。やはり日本の兵士がその天體觀測機を保護してゐた。我々が行つたときは一人の子供が出てきて、あまり日本語がたくみなのに驚いたが、これは日本の少年であつた。これらの儀機は西學移入後の製作にかゝるものといふ、康熙乾隆時の製作品であつて、明末の若干の製品は民國二十何年とかに南方に搬出された。現在のものもかつて北清事變にこゝを占領した獨佛軍によつて持ちさられたもので、後こゝに返還された來由が誌されてゐた。臺下の欽天監は天文を案じ暦を掌つて天下に正朔を頒つた場所で、東洋の天子にとつて由緒ある處である。隆福寺の書肆も琉瑠廠も私にはさして用事はない。蒙古からの歸途北京に出た日、隆福寺街の露店を通りつゝ、ふとその日が端午の日であるのを知つて、日本の風と變りないあの糉を露店でかつて食つた。それは笹の葉に生の糯米をつゝんで蒸したもので、中に乾した棗の實が入つてゐた。竹内らの發案と、こちらからきいていつた話をたよつて、名ある料亭のあちこちも案内されたが、北京の酒も料理も妓も語る日でない、滿洲人の發案した支那服をきたゆきずりの若い女性たちの斷髪すがたは、一見制服の世界の美しさがあつたが、それは僅かに北京だけの町で、その他の地では殆ど女のゐない町を歩くやうな感じがした。

北京の町の治安についての噂も、市外の噂も流言の不安はいたるところにあつて、しかも日本人はその中で安息した日を別途のことに向つて血眼に生きてゐる。ある時はさもしいやうな氣もしたが、それも止むを得ないことかもしれない。さういふ北京をねらつて正さうとするやうな眼を、北の蒙古にゐる日本人の間に發見して、私はその時、最も浪曼的な日本を感じた。北京文化の變革に關する方法論は東京にも北京にもあるまい。文化のない文化を變革するものは、つねに雄大な理想の表現である。それは皇軍（このことばを古い大倭宮廷のことばで今も口でくりかへした）の表現する詩の場所である。我らの日の詩の場所は、皇軍の兵士の銃劍が歌つてくれた。將軍の漢詩や將校の新體詩より、もつと潑剌原始の表現で、北の大陸の兵士たちが表現してくれた。皇軍の節度使を發せらるゝにあたり奈良の聖武天皇は「食《を》す國の遠の朝廷《みかど》に、汝《いまし》らしかく退去《まか》りなば、平けく吾は遊ばむ、手抱きて我は御座さむ」と歌はれたのである。まことにわが朝の天皇の御製として畏き極みであるが、我ら末世の國民にとりなつかしい君臣一家の思ひを味はせられる隨一のものであると思はれた。我らの臣はむづかしい理窟で戰場にゆくのではない。我國には正義の理論（それは今日では國際聯盟的論理であり、イギリス議會的論理なのだ）よりも、純粹の詩があるのだ。わが戰爭文學は事件と經過と政治と經濟を忘れたときの詩に成立する。戰場にある恐ろしい淵と內地にある恐ろしい淵と、この一つの無限の淵をそのまゝに橋脚として架橋するやうな大文學が、日本の戰爭文學である。この戰爭の意義得失目的の類は、國際聯盟的論理の任意に考へるところである。我らにすれば、詩があるか美があるかそれが問題である。今日浪曼的な世紀を初めて經驗した日本は、一切の悲觀を蹴つて飛躍する。たとへ征服や侵略を手段としても、なほかつそれは正しく美しいのである。談合によつて利益をうるよりも、はるかに美しい果敢の行爲は、如何なるときにも人間の精神を變貌する最大の教育となる。

北京にない果敢な劍は蒙疆に伏せられてゐる。私は世紀への希望のために、その日の來ることを希望する。つねにより浪曼的なものは世界を征服する。日本の浪曼主義が、蔣介石やロシヤの浪曼主義と角逐するのだ。北京のインテリゲンチヤの若干に私もあふことを得た。そのとき私は失望する以外にむしろ醜惡を味つた。彼らの最高のものは沈默を守りつゝ時々に皮肉を云ふ嘘つきなのだ。中級のものは蔣介石への信任を少しだけ語つて日本への註文をいふ、これは知識文化人の考へ方でなく、一種の商取引である。彼らの最下級のものは私の行つたとき大聲を張上げて芝居の稽古をしてゐた。稽古は演技でなく語り物である。私はその演劇研究の若い男女の雰圍氣に入りつゝ、あの中央公園の牡丹園を相携へて歩いてゐる若い男と女の群を見たときより、何か陰鬱を通りこした黑い世界を感じた。さういふ場合のことを、支那人の途方もないえらさと日本人は語つて、己らの純情をかへりみた。しかしこの顧み方はよくないのだ。それはわかりきつた我らの知性の感傷とナンセンスである。一般に北京にあるさういふ種類の知識は、我らが日本の手でそのまゝ培はねばならぬか、それは變貌の可能性さへないのだ。さういふ社會できづかれた「有名」が新時代の指導となるか。はるかに讓歩していへば新時代に參加するエネルギーをもつか。しかし日本の今日の支配層はつねに内外の「有名」を尊重するのである。彼らはむしろ卑屈にまで讓歩して、戰爭のすむまでは執筆せぬと高言する學者文人を利用しようとしてゐる。この懷柔策は、滿人の皇帝なる康熙乾隆帝の漢人對策より拙劣にして、規模貧弱である。大陸に兵を送ること一年にして漢人を支配懷柔することは歴史に見ぬところであらう。漢人の性格の研究者が多すぎて、船は山にのぼらねばよい。けふの發言權の不自由さよりも、その偏頗さの方が不安と私には思はれる。蜂の巣のとり方を知るものはそのつゝき方を知らないのだ。漢人の心理を究めるよりも手早い日本人の心理を極めて、心理で大衆を動かせる英雄は居らぬか。今日の問題は心理か論理か。

東安市場や天橋が一番支那的と私には思はれた。あの多くの店は、我らにとつて過半不必要と思へる品を賣つてゐる。ガラスの空瓶や、かけた陶器を、ちぎれたボタンやブリキ鑵を竝べて一軒の店である。これだけの品物の末端さへ商品となるなら、一體支那の家庭には何があるのかと私は不思議だつた、無駄をせぬことが、一大無駄市の行進をしてゐるのでないのか。くづもの屋ばかりがならんでゐる町である。市場が發達してゐるのか、町にある物資が裕かなのか——何か私は奇妙さを味つた。生活の豊かさとか濃厚の趣味といふ自分がきいてきた通念を、一介の旅人である私は、自分だけでだん〳〵にくづしてゐた。天橋の場末の娯樂地風景の汚らしさは、もう日本のどこにもないものであらう、私はそこで講談をき、、手品を見、芝居を見た、さうして太鼓もきいた。芝居のやうに無限にゆるやかな活動寫眞も見た。たゞ京韻といふ太鼓た、きの歌ふ哀調が永く私の旅愁にふれたことである。さういふ場末の世界と、北京文化としての藝術の間に、旅人としての私には激しい線をひき得ない。新々戯院で程硯秋の芝居を見たときも、その發聲の訓練された美しさに感心したが、その訓練には不自然な方法の多さを怖れさせ、舞臺も演劇も劣つたものと思はれた。私には退屈であつた。わからぬからであらうけれど、のべつ幕なしの芝居を私らは夕方から深夜迄見物して了つた。天橋の小屋の樣子や習慣は大連の西崗子と同じである。面子で看物料をおくのも、うけとり方もみな同一である。しかし新々戯院の方は入場料を拂ふやうである。日本でなら名人大會ともいふべきものだらうか、さういふ會へ私は村上氏に案内された。劉寶全の太鼓の悲劇的な美事さは、私にも了解されたが見物も喝采してゐた。その悲劇的美事さには、何か慷慨悲歌の風があつた。村上氏の說明で三國史といふことを知つた。民衆が前朝の義士の活躍を語る勇壯の曲を喝采する風があると思へるのは、氣のせゐであらうか、などと、支那民藝の唯一無二の研究家である村上氏が語つた。その同じ日やはり中央影院できいた榮創塵の單絃の上品でしづかで、澁くつやつぽい老藝にもなか〳〵感心した。こゝでは又日本の漫才のやうに二人でやる笑はせものがあつて、私は何もわからぬなりに滑稽に思へた。北京の町の最も教育ある階級の好むものを私は素通りしてきて何かわびしい感じである。彼らはさういふ芝居や太鼓を深夜迄きいてゐるのだ。日本の北京在住者はその間、酒をくみ女を呼んでゐる。北京の町にはもう軍隊とは別の血眼の人種が横行して、日本旅館は何かざわ〳〵と殺氣が感じられる。北京の日本化は、時間を訂正し、洋車を人力車と呼ぶやうになつたが、浴衣がけの外出はやはり見合はせてほしいやうな口吻であつた。北京の東單牌樓あたりのおでんやへは、內地のそこらで見ない人種が出入し、內地の酒のみのしない話題しか存在しない。さうして日本のダンスホールが國防色一色なほどのさまに私は眼を見はつた。そのダンスホールへは支那人は絕對に入らない、ホールの外には支那姑娘の家へ案內する人力車が雲集してゐる。そこは娼家ばかりのやうな町である。さうして娼家と良家の區別のないことから起つた話題はあつたさうだ。

異國の帝都の町を知らない私は、始めて見る北京に、案外の幻滅を味つた。しかし北京の景觀は天壇に於て、依然として大といふべきであつた。この構造の雄大さは拔群の建築である。明代に始り爾來數百年の保存に耐へた大建築は、やはり偉大な古典である。驚くべき大である。何故萬壽山を先に云ふか、私はこの驚異のものに、支那人の喪失したものを味つた。總面積八十萬坪以上といふ、近時の彩色がこれを損ねてゐるのは城內の若干と共通する。故宮の草茫々たるさまに私は美しさを味つたが、この天壇にきて、私は北京を大帝都といふものを肯定する。北京は美しいと一應云つてもよい。しかし北京は美しい町でなくして、黑い灰色をした町である。しかも又大陸の大帝都である。アジアに皇帝たる者の必ず都すべき大都である。偉大な帝都の魅力もつ城である。それは支那人の生活、(普通の都會)の關與せぬ意味に於てであつた。

私らは北京滯在中の一日、あの蘆溝橋を訪れた。北京を出でて西の方長安に至るものは、といはれた橋である。我々は廣安門を出て自動車で廣い道をゆく。廣安門には向坂上等兵のま新しい墓標があり、私らは有名になつた櫻井中佐の話を回想してゐた。宛平城につくまでにも道べの幾人かの皇軍勇士の墓標を知つた。右手に見える遙かに遠い八寶山や、近い一文字山はみな我軍の勇戰の記憶新しいところであつた。宛平縣城の突擊路は向つて右にひらかれて儼乎としてその日を語つてゐる。蘆溝橋の名はマルコポーロの橋として、久しい昔より私にとつて浪曼的な思ひを與へ私の數年の以前の文章「日本の橋」中にも特に名をあげた異國の橋の一つである。昭和十二年七月七日、こゝに世紀を劃する砲聲のあがつたことは、この橋を紹介したマルコポーロの旅行記に書かれた日本の名が大陸發見時代の端緒となり、ヨーロッパ文化の樹立の緒因となつたことと思ひ合されて我らをます〳〵浪曼的にするのである。思ひを凝らせば、昔とばりの彼方に彷彿とあつて白人の活動時代を作つた日本は、今世紀の主演者として登場したのである。その端緒の狼火は、古のまゝの名をもつこの橋にあげられたのである。我らの行つた日、橋上をゆく駱駝の一隊にあつた。乾隆御筆の蘆溝曉月の石碑は今見られぬやうに筵でつゝまれてゐる。永定河には一滴の水もなく白い砂原をなしてゐた。欄干の彫刻もよく、橋梁の形も美しかつた。私は幾度橋を低徊し、去り難い思ひがした。宛平縣城の城門の樓は、我軍の砲撃をうけて無慙にくづれてゐた。私はこの縣城の砲撃はニュース映畫で見、あざやかに憶えてゐた。くづれた樓門の上に登つて、私は無量の感慨にうたれた。その日はうす曇り日のあつさをおぼえる程で、私は少し汗ばんで、輕い風をよろこんでゐた。

蒙疆

既に遠い舊聞のやうな氣がする。夏來る六月の初め私は包頭の大黄河の沿にたゞ一人佇んでゐたのである。今はもう內地さへ秋立つ風といひたい、涼しい土地のゆゑでもあらう、私の旅舍の欅の大木の落葉も、その風のおとす秋のおちばとさへ思はれる。朝鮮から北京にゆき、蒙疆地方を旅して、熱河に出て歸つたのは六月の十二日であつたが、それからしばらく鄉里の家にゐ、東京には少したちよつたまゝで、こちらにきた。昨年も私は夏を日光ですごした。私は今度北京や萬壽山を、雲崗の石佛寺や厚和（綏遠）の寺を、さうして熱河の建造もみてきた。そののちに日光にきて、日光の認識を新しくする思ひのしたことを欣んでゐる。宇內に有名な日光である。さうしてこの度の旅によつて得たのは、日光を恥づる必要のないといふ、あはれな結論である。私は藝術と文化との意味で、北京にも萬壽山にも少しも感心しなかつた。そこには未來を展く何かの意味も藝術の論理も存在しなかつた。さうして私は歸つてきて、大和のわが古典期藝術にもふれ、こゝ日光にきて近世の代表品にふれつゝ、靜かにそれを比較鑑賞する機會をもち得たのである。

昨年の夏はこゝで上海のニユースをまち渡洋爆撃もきいた。二、三の文學者が早く大陸に行つたのも、夏から秋の初めにかけてであつた。尾崎士郎の「悲風千里」といふやうな報告文が私らを感激させた。林房雄のかいた文章が人間の發想の變革にまづ鐘を叩いた。本當に金盥といひたいのである。そのころは金盥でも叩く必要があつたのだ。さうして私は戰場に行きたかつた。しかし好機にめぐまれないうちに、行きたい心もそのまゝになつてゐた。

尤も私には現に人間が未來に向つて行つてゐる大なる行爲を報道するといふ自信は、文學者としてなかつたのである。今日の事變が、新しい精神と新しい論理を建設する行爲の表現であるといふことをおぼろげに知つてゐたからである。新聞紙上にあらはれた報道は、公私を一貫して「暴支膺懲」をイデオロギーとしてゐた。それは私にははがゆかつた。對外的宣傳問題としても合點しがたかつた。しかも日本の若者たちは敵を遇するやうに勇敢に戰つた。その行爲は日露の勇士とも異つた形で、彼らの肉體と精神で表現せられた。そのことは我々を混亂させた。精神史の變革を理念する行爲を理論的に報道することに、私には自信がない。かつて人間の築いた文化と藝術の理念を報告することには私は自信をもつてゐる。しかし日本ではそのころから一貫して報告文學が起るべしと唱へられた。その報道文學の主張は正しい、私も希望する、しかし誰がそれを敢行してけふの戰場の若者と民族の大衆の心の漠然たる思ひにふれるか、それを敢行したものは將來藝文の指導者となりうるであらう。

一體報道のイデオロギーはどこにあるか、一切の舊來の考へ方、感じ方はだめである。昨今の大陸への旅行者の共通感想は、考へ方感じ方の現實が、こちらとちがふといふことと、已のそれが變つたらしいといふことを感じてきたやうである。勿論、私もまたむかうの現實がちがふことを感じる。それは內地で感じられぬことの一つである。たゞ豫想されることに屬してゐる。さうしてその上で、現地の若者が展かうとしてゐる新しい倫理、彼らはその中に住む、しかし彼らがそれを反省し意識しさらに組織してゐるか、そこまでくれば私は敢て强語しない。新しい文化の精神と倫理は、まだ漠然としてゐる。未形である。

このことは私の旅立つさきに「昭和の精神」として誌したことであつた。しかし歸つてきて私はその感じをより深くする。今一つの文化の精神と倫理は大きく變革に波うつてゐる。さういふ稀有の時代に我らはめぐりあつたのである。我國はまづ、世界に先んじて十九世紀の一切のイデオロギーから訣別する。問題は、十九世紀の完成をなさなかつた日本の文化が、アジアによつてより大きい轉向をなしつゝあるといふことである。幸不幸や禍福の問題ではない。十八世紀の克服の完了のまへに、日本は意味の多い混沌の半世紀を送つた。十九世紀の文化の倫理を中心とする我らの考へ方は今や問題ではなくなつたのである。そのことは、我も人も意識では知らなかつた。我らの民族の理念が表現され始めた日に、初めてわかつたのである。行爲が教へたのである。人間の智慧が教へたのでなく戰場が教へたのである。私の漠然とした考へ方は戰場の雰圍氣によつてたしかめられる思ひがした。この日本の轉向の萌芽を象徵するものは「蒙疆」である。私はあきらかに北京に失望した。さうして蒙疆に於て初めて蘇生の思ひがした。私は北京からそのまゝ歸らなかつたことを感謝したのである。さうしてさらに北京より南下しなかつたことをも後悔しない。その精神の場所は、蒙疆だけでも十分である。東洋の歴史をみるとき、朔北に起つた浪曼的精神は、必ず南下して大陸を捲きこまねばならぬ宿命をもつてゐたからである。

この新しい大きい事件を報道するためには、私は初めから絶望してゐる。その絶望は私にとつて一つの樂しい幸福であつた。私は人間の行つた偉大な行爲と英雄的事業のあとを報道する才能に全然めぐまれてゐないとは敢て思はない。しかしもしこの事件を報道する文學者としての任務を考へるなら、多くの兵士の獻身の行爲をまへにしては、個々の事件を通じて、そこに一貫してゐる、その新しい倫理をほりさげることでなければならない。それはまだ兵士にも理論的な形では意識されないであらう。しかし彼らはその中に住んでゐる、一つのいぶきときいてゐる。つねに偉大なものは寒氣に凍るいぶきの如き混沌の中に住む。その混沌の住家を描くものが藝術家である。わけて變革期の藝術家である。たとへばかつての變革期に出た平家物語の作者や、また運慶といふ人はさういふ大藝術家であつた。今では文學者の任務は、完成された古典的な偉大の報道をおいて、新しい建設の中の倫理を造型し、あるひは體系化することとなつた。そのつみ石の一つ一つの場所と順序を語つておかねばならぬこととなつた。それは以前かすかに思ひ、今に確めたことであつた。そのためには、己を進んで混沌の世界へ投入れねばならない。だから報道を使命とすることは、何らの主觀をも加へないで現實の頂點のみを綴るか、現實の倫理を抜き出して造型するか、しかもこのいづれもが不可能の如くに難事である。このころに日本の浪曼派文學者は、すでに前期の任務を完了したのである。

私は萬壽山を見る希望よりも、大同雲崗の石佛寺を訪れたかつた。古なら遠征にも似た旅の心をいつか失つてゐるうちに、機會があつて私は旅する日を得たのである。案の定私は萬壽山に失望した。北京の日本は心愉しくなかつた。北京で日本は何故に十九世紀の復習を再びせねばならないのか、それには一つの理由として、外國人の觀衆が多いからといふのである。今の北京は乾隆趣味の亞流と、日本人の支那人觀の展覽會場である。我が民族の理念は劒によつて表現された時代があるといふやうな、日本人の研究もついでにして欲しい位である。

しかし、私の旅の見聞は舊聞に屬してゐる。もと〳〵初めより舊聞に屬することは承知である。天才なくしてはこの偉大な未來を語り得ない。しかし苦いものを語るための旅ではなからう。生命を語る靈氣を自任するにはおぼつかない自分であるし、事件の報道をする藝才もましておぼつかぬことである。私が明瞭に感じ、しかも漠然としか表現できぬことを、人が明察と希望とによつて形づけてくれることを願ふのである。今や日本は一つの未來をもつてゐるといふこと、それは日本の精神史を變革し、廿世紀の世界を變革する、大なる遠征が、北の大陸に行はれてゐるといふことである。この浪曼的日本の生氣を感ずることである。

さういふ事情を報道するために、私は例話でも語らう。それは舊聞でない。いくどか考へ、いくどか疑つて、今も疑ひつゞけねばならない、現在の一つの話題である。今の我々は、大きい未來と希望をもつゆゑにさういふヂクザクのみちをくりかへしてゐる。それは又現地の現實と內地の知識のちがひである。周知の如く、日本の多くの文筆業者と思想販賣業者は、今次戰爭と文筆家の任務を語つたのである。彼らは文化人とか、知識人といふ名で己を呼んで、事變を別箇に傍觀し客觀しつゝ兵士の手でなし終へないだらうところを考へ出してみた。兵士たちの行爲と別に我々の文化を必要とする——さういふ考へ方は、諸他の生產部門に於てなら、まんざら間違ひでもないだらう。現にあの無限の富の開拓には、測量師もいるであらう。しかしさういふ技術者の必要を別として我々の國の所謂知識人たちは、兵士の破壞した精神文化施設の再建を主として問題としたことは、これ又周知のことと思ふ。

しかしかういふ十九世紀的考へ方を誰もが疑はなかつたか、兵士たちの正直なお世辭を曲解しなかつたか、內地で靜かに考へる、さういふ傍觀者の云ひ方と行ひを、共に國家をうれひる故であると彼らは强語したのである。それは正に大きい認識の不足であると斷じてよい。それはさらに知性の不足を意味する、すでに今日に於ては一つの大きい冒瀆である。

何となれば、それは戰爭の精神的內容を認識せぬからである。この戰爭が起つた精神史的意味を理解する知性をもたないからである。又戰爭が日本の精神と文化の理念に對し、まさに行つてゐる變革と、やがて行ふだらう革命を理解せぬのである。この戰を行ふものの同じ手で變革さるべき舊い知識が何の役に立つか。それは彼らの民族の使命に發する獻身といふ事實のまへには一つの冒瀆に他ならず、歷史認識に於ては無能を意味する。北京に於ては十九世紀にまだその言論を喋らせる餘地があり、その者らの無能を隱蔽する組織があるであらう。蒙疆の平野に於て、大陸の曠野に於て、十八世紀の方がまだしも現實的である。しかし我らの兵士と若者の倫理はそのいづれでもない。

さらに又、今日の日本兵士たちの行爲のあとを追從しつゝ、その文化建設の能力を疑ひ、その構想の上で文化施設の擔當を己らにもくろむ者も意識的冒瀆でなければ不明の罪である。さういふ十九世紀思考に對する變革が今まさに行爲されてゐるといふことをはつきり知る必要がある。戰爭が文化を生むであらう。一般に戰爭が文化を産まなくとも、この戰爭は、そのことを豫約した、われらの民族の理念の表現である。しかしながら彼ら知識業者たちの云ひ方にも若干のその豫約の了解があつた。だからすぎ去つた日に於てなら、さういふ云ひ方が本心であるなら、認めらるべきものがある。破壞された鐵路を復舊するといふ問題は、末端で問題でない。精神文化の變革でなく、再修をいふことはすでに今でも以前でも冒瀆である。今百萬の若者が、新しい發想と思考とによつて、理念の行爲化をなしつゝ、破壞が同時に新しい文化の倫理の建設に進んでゐるといふ云ひ方は、驚いて聞くべきことではない。かゝる形で意識を形成した大衆は、わが民族の歷史にさへ見ないところである。それは復讐のための戰ひではない。たとへ復讐の心があつても、それはその日のことで、行動をリードしてゐる倫理と心理は別のものであらう。民族や國家が、消極的に反撥したための戰ひでもない。こゝには一つの進取と、世界の交通路の大變革が行はれてゐるのである。この百萬の大衆、しかも彼らは最も優良として選ばれ、教育され、白刃の下に、彈丸の間で、死がその肌をふれてゐる瞬間に、身心を改變されてゐるのである。

北京の人々が、支那人の人間性の知識を以て對支文化工作の規準とし、又宣撫の方針とするために、舊存體系で劃りあつてゐるのを私は一種の混亂と思つた。さういふ末梢の專門は、この大思想の指導となり得ないだらう。當節の結論のない會議と竝行して、方法のない大意見があつてもよい、私はさう思ふ。軍隊のあとを文化業者がゆく、その今日のゆき方は、軍隊のあとを實業家が行つたゆき方とあまりよく似て、しかもそれより小規模な十九世紀的である。さういふ文化對策は變革されねばならない。

自分らの主に教養とした十九世紀文化理念とは異つた、もつと雄大な果敢と冒險の文化の倫理の若々しい芽が、こゝに儼然と築かれつゝあるといふことの發見だけでも、蒙疆は私に浪曼的であつた。價値の轉換の時代を人々はその大陸に眼のあたりにみるであらう。而もそれは既に生產力を失つた十九世紀の文化と精神に、ホルモン注射をするやうな再分割と再組織の行爲化ではない。戰爭は君らで、戰後の文化整備は我らでする、等といへるやうな戰爭でないのである。はつきりいへば、さういふ說者のいふ文化を變革する第一步を浪曼的日本が今行爲してゐるのである。戰爭は誰がしてゐるか、その聖なる行爲が何ものをも產まないと誰がいふであらうか。どのやうな戰爭に於ても、その行爲の擔當者に私は聖なる時を考へる。日本の文化工作が若干でも、北京あたりのインテリゲンチヤを重大視することとは、私には意味がわからぬのである。彼らを今我らの敵である蔣介石麾下の一將校と比したとき、いづれが聖なる瞬間をもつてゐるであらうか。彼らの戰死者を叮重に葬つた日本の兵士たちの行爲は日本武士道である、それにちがひない。さうしてその兵士たちは、その後にも先にも、巷說の日支親善論などの考へ方を返上してゐるであらう。一等神聖なる、神々のまへに於ける如き瞬間に於て、日支親善の心は殲滅に變形してゐた筈である。北京あたりの大多數の支那知識人は、その文化の倫理の今日の狀態の下で、果して蔣介石麾下の一將校に比してはるかに聖なる瞬間をもつてゐるだらうか。まして我らの兵士に比較するとき問題の外である。我々が彼らの十九世紀文化觀を、別の文化の理念で考へてやるとき、彼の悲痛は創造に轉化するかもしれないのである。この別の文化の理念とは、わが國の精神の一貫する文化である。近代の文化觀念でないのである。我々はこの現下の事情の前に於て、日本の一切の知性の返上を云つたのである。それらの虐殺を要求したのである。自身に於てまづ虐殺を希望する。私らがこんどの旅の始めに京城であつた半島人の一先進青年は朝鮮語の廢止を語つて、むしろ我々に殘存するセンチメンタルを混亂させた。これは味ふべき世界史的考へ方である。日本人の餘りに良心的な人道感は、戰爭に勝つて統治に失敗するかもしれない、我々はこの戰爭が精神と理念の自らの伸張であり、施行であることを記憶するのである。神が統治を愛するが如く、我々の理想と精神も亦その神性のゆゑに統治するものである。しかも今の新しい倫理は統治に失敗せぬほどに所信に果敢である。新しいものはつねに果敢である。こゝで私は今や無力化しつゝある政治的な十九世紀の干渉より、十九世紀的文化理念の干渉をむしろ怖れるのである。この雄大な行爲に對應するやうな、雄大な文化事業の目錄は考案されないものであらうか。我らの日本の智慧が、餘りにも十九世紀的理論體系への關心に支配されるため、この戰爭を十九世紀の秩序の變革であると考へ得ぬのでなからうか。十九世紀秩序とその文化の倫理に承認を與へるなら、我らはその文化倫理の終極の歸決なる國際聯盟とイギリス式議會様式に接近したらよいのである。我が國の精神界の先覺の一人は、その笑ふべき矛盾と狼狽をシルリングとペンスで記される相場で表現したのである。我らは持つ國とか持たない國といふ語も訂正しよう、それは單に所有の秩序の變更と思はれるからである。物質に對し精神を、それがわれらの行爲の表現の一つである。我らの行爲はその世界に對する實證であり、示威である。我らは今日世界に唯一の理念をもつ民族である。冒險を理解する民族である。我らは單にヨーロッパ的規模の變更を要求してゐるのではない。今こそアジアが起つて近世のヨーロッパに對し、世界史の規模で、その變革を行爲してゐる。今日日本の青年の間には、世界的な日本大精神といふ合言葉が通用するのである。かゝる日を近年來の我々はかつてもたなかつたのである。

アジアの文化が人類に冠絶しなかつた時季は、近代である。日本の表面文化が世界に冠絶したのは僅かの期間にすぎない。今や我が民族文化がその世界規模に於てうち建てられるべき日に遭つたのである。その時わが若者は未曾有に雄大な、又果敢な行爲を表現してゐる。その行爲が、この日を決定するのである。

内容のある報道を得る代りに、内容のない抽象の閑語を私は語る。しかしどのやうな内容ある報道が、眞にけふの新しい若い文化の理念の進軍を造型したか、もう忠勇美談は不用だ、覺悟だけを報道してくれ、さう語る將校がゐた。内地はもうだれてゐないか、思想はどうなつてゐる、さういふ話はどこでもきくのである。内地はだれてゐない、思想界は眞實に對支文化問題を考へてゐる、さういへば本當に眞實であらう。

まことに内地では、支那人觀をもととして、その自分の知識に相談しつゝ、文化對策で戰勝維持に助力しようとしてゐるのである。それは一概に退けるべきことではない。私は暴言を弄しすぎた。今は事變當時とはちがつて、内地人の變革期認識も切迫してきた。しかし私はこの雄大な現實の一方に對應するやうな、雄大な一つがあつてもよいと思ふのである。北京の親日支那の意見はよくきいた上で、もう別のことをはじめる方がよい。今日の支那人を文書と藝術の上の古典支那人と同樣に尊敬するのは愚かしいことである。我々は理念をもつてゐる、彼らは生活力をもつてゐる、我々は精神への心をもつてゐる、彼らは物質への心をもつてゐる。さうだから、理念は生活力に怖れてはならない。徒らに輕蔑するのと徒らにおそれるのといづれが惡德か。今日我々が開かうとする世紀は、理念が生活力を奴隸とする世紀でなければならないのである。

雄大な軍隊の進軍に對應して、雄大無償の文化的進軍の組織は必要であらう。しかしそれは實にはつきりした示威でよい、宣傳でよい。支那人の實生活に、一つの現象的恩惠を與へる必要を考へることもいらない、人を驚かせる裝置でよい。近代の現實的文化とはさういふものである。醫者は下手なら下手でもよい、立派な病院の方がよい。

戰爭の悲劇は一番立派な人物がさきに戰死することである。個人の價値が極端に闡明になる瞬間に個人が死ぬことである。今日の日本で、日本の軍隊の行動や戰爭の經過をおちついて看視し、それを靜かに批判しよう、などいつてゐるものにろくな人物のある筈がないのである。さらに深刻な形で、北京にゐる支那人に私は殘忍な悲哀を感じる。我々は蔣介石を敵として待遇するからである。北京の知識を大仰に待遇し、戰後文化事業の一かどの相談對手とするやうなことは大きい誤謬である。

日本は國内の舊知識に對し、一つの變革を行つてゐるのである。我々の民族の精神の文化的再組織を、我々の若者が無限に雄大な行爲で行つてゐるのである。この時日本の外務省が對支文化の指導をすることは、不可能である。大義名分によつても、それは本來文部省で行ふべきことに屬してゐるからである。

それゆゑこの指導的組織の構成には、少しも今日の新しい精神と倫理の方向を示すものが入つてゐない。そこには日本の精神を代表する一人の藝術家も、一人の思想家もゐない。その組織こそ、今日の若者が、變革を情熱してゐる十九世紀的體系の最後の殘存形體に他ならないものである。失敗した教育者、敗北した思想家、それらが果して新しい時代の若者の行爲する倫理によく追從しうるだらうか。日本の若者が新しい理想によつて行軍したあとを、舊來の日本の失敗した敗北した高級教育官吏たちがゆくことは、日本の悲劇とならないであらうか。私はそれを惧れるのである。最近に知識の尊重はいけないといふ論が起つた。しかし誰が今でさへ一等知識を尊重してゐるか、その所謂知識とは十九世紀システムである。さて知識尊重がいけなければ腹を作るのか、この問題をかういふ掛合噺に我が國の思想業者はしてくれた。新しい文化の倫理の萌芽は、この戰爭のまへには彼らに對して說明する方法がなかつたのである。さて舊知識がわきまへもなく、戰後文化の再建に參與しようと想ふまへに、戰場の現實、その若者の感覺と發想と倫理の現實を考へるべきである。文化再現の目下の任務は支那街の鋪裝化でない、日支一丸とする精神文化の建設である。日支親善の合言葉は一まづ返上して、さて支那人にとり入るためにその性格を研究せよとも云ふのではない、なつかしい子守娘のセンチメンタルは止めよう。日本のけふの若者を了解する方が緊急である。わが國の大學教授たちの失敗したあとを訂正したものは、彼らに教育さるべき若者であつた。彼らが今日本の精神史を動かして、世界史的規模に變革しようとしてゐるのである。この時一人として責任をとつた教育者をきかない、一人として、その漠然とした新しいものを造型しようとした者も知らない。恐らくこの新しい大きい現實は、その以前にわが日本主義者たちが心に描いた理想圖とも異つたかもしれない。さらに雄大から雄大へと、それは浪曼的に上昇しつゝあるからである。去年南京が完全に陷落したとき、わが軍の司令官は從軍記者たちと會見して、彼らがどこまでゆくかと問ふのに對して、どこまでゆくかわからないと答へた。このことばが誇らかな心持で青年の間に流行したことを人々は知つてゐるだらう。それはまた時代の何もかものことである、一つの時代の象徵である。それを不安とするものの體系は笑はれてあればよい。彼らの一人は上海はおちないとその理由を云つた。然もそれを云つた夕べの號外は上海の陷落を報じたのである。古い理想家と教育者は、その規模と發想に於て失格するのである。その知識は終焉してゐる。世界の百科全書は、すべてこの一年間に於て役立たずとなつたのである。それはすべての知識の役立たずの意味である。すべての古い思想家と教育者はまづ戰後文化の問題の指導を思ふ僭越を行爲する代りに、この大きい現實の中の若者の感覺と發想を知るべきである。それは組織された大きい大衆だからである。彼らが展いていつた現實である。さうして彼らは次の世の若者を影響する。戰爭は誰が何を考へて行つたか私は知らない。たゞ征戰である。しかし戰爭の結果生れたものは我らの不敏さにも感受される。その結果より云へば征戰に從つたものは若者である。さうして戰爭は新しい若者を生んだのである。

蒙疆にゆけば、そこはすべて若者の世界である。若者が政府の顧問となり、文教にあづかり文化施設に從事してゐる。さうして實績はすでに驚くほどのものをあげてゐる。それは全然北京と異る。北京は日々惡く、蒙疆は日々よいとさへいはれてゐる。蒙疆へ、張家口を越してまづ驚いたことは、北京にみる日本人の背廣姿が一人として眼につかないことであつた。

朝八時半に正陽門を發す、これは日本時間である。支那時間なら七時半、今北京には二つの時間がある。私は疲れてゐるので假眠してゐた。ふと、眼をさました時が、すでに南口であつた。萬里長城が青葉の中に美しい。南口、居庸關、八達嶺、それらは代々の歴史の詩情と共に生きてきた。さうして新しい一つの詩が、今我らの若者によつて加へられた。

こゝは二十粁に亙る溪谷である。長城の壁や樓は所々大へんくづれてゐるが、生々した新しい青葉の中では、さほど廢墟のにほひがしない。

南口鎭は、皇軍が北に向つて越えた關である。私は旅人のしきたりで、その地形を眺めたにすぎない。さうして旅人といふ私は、旅の難所にもいくらか通じてゐる。私は旅を愛するといふよりも、何か焦躁を慰めるためにその中に入るやうに、今まで多くの旅にくらした。南口より北に越える扇形の原を見よ、この曠野は山に入つて溪谷に入り、その曠野にみちはない。この大きい自然は、偉大な旅人の足をさへ途方にくれさせ、たちどまらせるであらう。招きが拒絶であるあの旅の心を、今日の日本の若者は再び芭蕉にきくのもよい。頑として大自然がすでにこゝで人をくひとめてゐる。山の向うには胡砂がまひくるつてゐるかどうか、さういふことは知らない。ある初秋の美しい空の下で見た、東北平泉の關の風景が、ふと思ひ出された。しかもあれを大規模にしたものと思へばよいとも云ひ得まい。平泉にゐたのは古今の名將源九郎義經であつた。しかし義經は頼朝のになつた勢に如何ともなし得なかつたのである。私は平泉を回想してゐた、舊い文化の平泉を思ひ出すなら、扶餘もあり慶州もあつたのに、と私はそんなことも一緒に反省してゐたのである。

こゝを北に越したこと、それだけさへ何といふ偉大なことであらうか。私は旅なれた不純の旅人であつたゆゑに、十分な怖れと驚きを味つた。平和の日に歩いては越えがたいみちである。茫漠とした原野には道といふものがない、先行の一人が歩けばそれが道であらう。この道やと歌つた人と、支那の旅人の詩情には自づと異るものがあつたわけだと、私はそんなことも考へてゐた。

南口鎭の美しい町を越して、居庸の三關を通つた將軍は史上に幾人あるであらうか。こゝを南下した疆外の民の首領はむしろ多かつた。この北方燕京の衞りの地は、塞外の民族と漢人の久しい古戰場であつた。明の永樂帝が親しく蒙古沙漠を横斷して、その遠征の軍をすゝめた以外には、漢人の天子にして自ら浪曼的遠征を試みた者はなかつた。茫大な遠征は、つねに蒙古の天子によつて、滿人の天子によつて試みられたのである。遠征者のもつ民族的優越感は、他民族を政治するあの統治意識の失墜と共に消失する。戰勝國の誇りだけでは、統治意識のたしとはならない。代々漢人を征服した他民族が滅ぶ時は、必ずまづ統治意識が衰へてゐた。大陸の歴史は長城にきざまれてゐる。懷柔を策としたものもつねに亡んだ。統治意識の衰退は懷柔の同意語ではなからう、しかし懷柔のなかには、優越意識が濃い、その意識が、統治となるか懷柔となるか、私は考へないでおかう。明末のあの海外慟哭錄のいたましさは、大方の人々の今も昔も心ひくものである。我らの理念と正義より、かなたの哀愁の方が世の心ひくのである。

清人統治の歴史は、我らの東洋史によつても仔細である。あの偉大な永樂帝の親征もおぼろげに知つてゐた。しかし私は思ふ、漢人復興に欣んだ永樂帝の壯業さへなしくづれゆくやうなもろさをかくしきれなかつた。その統治意識はつねに強固でなかつた。それはつねに消極的であつた。康熙乾隆帝の漢人政策もみんな研究された筈と思はれる。しかし我らの國のけふの老いた指導者たちが康熙乾隆の如く雄大の英雄であらうか。清朝の成立にあたつては、側面からは日本が加擔したであらう。朝鮮の役や倭寇はどうであらうか。しかし明朝遺臣は、國家再興を日本にたよつてきたのである。日本に乞師することが、今形異つて行はれてゐるらしい。その昔の時三代將軍は、始めはむかうの求めざるに朝鮮に出師せんとし、後は一切大陸問題に關心しないことを宣言した。これは興味ある問題と思はれる。さて朱舜水は熟知の人であるが、日本を去つてその行方をとゞめないといふ張斐のことを私は知りたいと思つてゐた。

漢人の文化は漢唐の日を去つて再びなかつたやうである。永樂帝の英風にもその懷柔に專心した統治精神の稀薄さはいなみがたい。蒙古人を中國より追つたことに滿足した明人は單純な復興に甘んじた。この間の辛亥革命の時にも、同じことはくりかへされ、馬にのつた臨時大總統孫文が明の孝陵に詣り清朝滅亡を奉告した。民國元年二月十五日のことである、宣統帝は既に十二日に退位された。その時の孫文の衞兵に五族協和を表徵する五色旗を振らせたのを笑止と思つてはならぬ――などと我らは日本の支那通から教へられさうな氣がする。

居庸三關は漢人と塞外の强力の民族との爭鬪の場であつた。屍は木となり血は草となつた。こゝにのみ草木がしげつてゐるのだ。そこに我々は今新しく我々の大和民族の血を流した。驚くべき世紀の異變である。我らの父祖の誰がそれを思つたか。見渡せば越えがたいみちである。人間の旅を拒否する者が、こゝのみちをふさいでゐるのだ。こゝを越した勇士の一人が、私に教へてくれた、突撃命令の下るころには、もう皆は疲勞困憊して、心は働くが體が動かない、とかくするうちに誰かゞ立ちあがつて體操をして體を揉めした、皆がそれにならつて、彈丸雨飛の中で體操をしたさうである。

それは平凡な眞理でないか。神からうけついできたやうな平凡な眞理でないか。しかし私は驚いた、更に感動した。今もその通りである。誰がさういふ明確な事實を教へてくれたか、語り手は平凡に平凡として云ふのである。感動や感激も、それを與へる對象に時代と社會の一般性がある。こちらと向うとその表現の誇張の內容がちがふのである。

南下すべき道を北上した。南下を防ぐために作られた――たとへば既記の永樂帝を思ふべし――この關を北上するもの、近世に入つて初めて漢人の農夫が入つたみちである。漢人の新しい植民地は、彼らの理念によつてこゝを北上したのでない、彼らの生活力がこゝを北へ行つた。古北口を東したものと同じ力である。それには淸の天子の教へがあつた。しかしどちらにしても蒙疆は新しい。新しい漢人の植民地である。古北口を東したものは、山の樹木を倒し、燒き拂つて禿山とした。雨はその地形を變更し、樹木をたよりとした原住民は、この地形を變形する力のまへに敗退した。ゆく旅のさき〴〵にさへ樹蔭にやどりを求めて家をしつらへる美しい日本人が、かゝる非倫の生活力と今鬪爭するのである。樹木をきりはらつて大造營を作りあげた漢人と、自然の綠を尊んで細心の人工に自然を生かさうとした我らの父祖の間には異るものが餘りに大きい。近々百年にして漢人はこの沿線より原住民を追放したのである。それは一切の崇高な事業によつてゞない。單純な執拗な生活力によつてである。我々は今理念を以てこれと對抗してゐる。理念は強く美しく、それゆゑにいたはらねばならぬ傷み易さをもつてゐる。

南畫に見たそのまゝの山であつた、南畫にあるやうに、その峨々の山原を、又は茫漠の野原を、つねに二、三人以上の人はあるいてゐなかつた。さういふことに發見を思ふやうな私は旅人であつた。しかしかつてそこには木があり森があり林があつたと私は知つたのである。永樂帝の精神では不可能だつたことを、勞働する生物にすぎない清帝下の漢人は可能としたのである。この非倫の方法に私は驚く。帝力何者かといつた漢人は、帝力に象徴され、國家に集約される理念を知らない。彼らの行ふ非倫の行爲の强さは、その長期抗戰のもとに、自國を敵國に對するやうに扱ふのである。彼らは自國の民に洪水を與へ、自國の民に惡疾の細菌を與へることを平氣でする。我々はさういふ民族と今戰つてゐるのである。我々がもつ敵がつねに、支那の如く、ロシヤの如く、自國民を敵國の如く扱ふ、人倫を超越した人種であることは、いはゞ不幸である。しかしこの不幸を幸福と見得る日、その未來の日に、我々は世界史に一つの曙を展くであらう。私はそれを希望する、さうして確信する。

私はたまたまに北京に失望しつゝ、居庸關を越した。私は北京に何かの文化も見なかつた。そこにあるものは清人宮廷の風俗である。服裝も、住家も、文化も、みな乾隆好みにすぎない。それは明人の暗憺とした敗北である。否偉大な康熙乾隆二帝であつた。漢人皇帝にして唯一人の永樂帝、蒙古砂漠を越えて親征の軍を進めた唯一人の永樂帝の遺業なる天壇に私は驚いたのみである。これは代々の修理補重ののち民國二十四年に俗惡に彩色されたものであつた。しかし漢人の天子の精神に比して遙かに壯大な、悠遠なものは、むしろ蒙古や滿洲の天子の精神でないか。蒙古の如き、滿洲の如き、あの野蠻の民族がどうしてか、る雄渾の大人物を生んだか。元の太祖、太宗、世祖の如き、或ひは康熙乾隆の如きは、傳統や歷史から生れたのではない。漢唐の古代は別として、東西交通のさかんになつた近世に於て、支那がその誇りを全うしたのは、元世祖の時代と康熙時代のみである。康熙帝はネルチンスクに於て最初の出會ひに露人を擊退したのである。清朝は國土の守りにたへなくなつたとき、その統治權を人民に返却した。しかし明の孝陵に清朝滅亡を奉告した漢人が、諸外の侵略に對し國土を守つた話は未だきかない。最も私は民族自決を純粹に考へる者でないことは云ふまでもない。

純粹に假定する立場——この近世の知性主義は、歷史と人間の世界ではすでに拙劣無能である。我々の思想が日本人として「日本」の立場をとることは瞬間に可能であらう、それは日本人としての假定から立言し行爲するのではない。我らの父祖と歷史と古典と傳統を瞬間に荷つて我らは立言するのである。その一切の瞬間に我々はそれらの一切と、無限の歷史の中に立つてゐる。しかし例へば同じやうに我々は朝鮮人の立場で考へるといふことが可能か。さういふ假定から我々は今度も新しい消極論を作りあげた。しかし反つて朝鮮人は、今事變に於て積極的である。それは假空論では考へつくまい、利害のみの問題でない。支那人の立場で考へるといふやうな知性の純粹論はナンセンスである。我々は大化改新を、源頼朝を、徳川時代を、さうして明治親政をへてきた日本人である。我々が支那人の立場で考へるといふ時、明初を、明末を、清初を、清末をへてきたある他國民の態度で己が考へうるだらうか。類推的に突發的な支那人の立場に己をおいて考へるといふことが、そのけふの知性の純粋の立場といふのが、私にはナンセンスだと見えるのである。さういふナンセンスが、けふの國際聯盟主義であり、イギリス議會的國際倫理である。理性論の考へ方や知性主義の考へ方は、まだ北京では話相手があるだらう、もう蒙古へ、一歩居庸關を越せばこの廣漠の地では成立せぬ。

もし支那人であつたなら、私にその解答はある。一つの理性と理想とが合致した運命論として、私は必ず國民黨の容共政策に何かの形で宿命づけられるだらう。私は宋美齢がさういふ議論をかいてアメリカ人に訴へたものをよんだ。議論は凡であるが、その肉體で感じられたやうな宿命觀は理解された。支那人の立場で考へるといふなら、己を清末支那人にしてもみよ。名分に於ては、歴史なきとき所有もないのだ。大陸の所有者は古來幾變遷した。

私は北京の支那インテリに憤慨を感じた。少なくとも蒙古にさういふもの丶居らぬことは、明るい世界を思はせる。我々が我々の國民を失ひつ丶ある日に、何故さういふ北京インテリをオミツトしてはならないのか。我々は舊來の知識の虐殺を宣言すべき日であると思はれる。日本に於て、支那人の立場で考へるといふあの知性主義が、たゞ純粋といふ近世の美徳で流行するとき、その話相手は支那の北京インテリがつとめてくれる。

彼ら——北京インテリは、まづ蔣介石の「支那」を暗々にほめる、さうして次に日本を牽制する、それから對支政策に註文をつける。この饒舌な唾棄すべき商取引のお相手に、日本の高級教育官吏が出張する。彼等を派遣する代りに、一發でも多くの砲彈を送るがよい。國內に於て失敗した教育者——彼らは大學と學生の現狀を未然に守り得なかつた——、或ひは國內に於て敗北した思想家——彼らは軍隊と若者の行爲の以前に於ては、日本の精神を守り得なかつた——これらの者は發言權を失つた筈である。しかし一發でも多い砲彈は明らかに國民の一人の變革された精神の若者を守る。こゝにゐる若者が、その未形の精神こそ、今日と未來の日本の文化であり精神である。

日本の新文化は依然として老人にあるのでない。この偉大なる時期を擔當し得る者のみが今日の發言者である。誰が擔當してゐるか、分明のことである、しかもそこに分明に文化と精神が樹立されてゐる。戰爭は浪費をするだらう、しかし浪費は實驗である。我々の敵は人間であるが、決して國民ではない、我々の一兵さへ國民である。純粹な人間の議論の驚くべき滑稽を私は痛感した。もつと雄大な浪費を我々は希望した。對支論策はみな採算にあひすぎる。戰爭のもつてゐる文化倫理は、さういふ商業上のイデオロギーでないのだ。我々の兵士の行軍したあとから、文化をもつてゆくといふ日本の老壯のインテリの考へ方も亦、北京のインテリの商取引のかけひきと五十步百步のひらきである。

私は國家と社會と對立させる考へ方に疑を考へた。明治に於ては、國家と社會は一つであつた。我々は新しい社會知識を知つたとき、その對立を事情から考へず、純粹な字と言葉として考へたのである。さうして我々はその時の對立する問題を、やはり（しかも）國家の規模でとかうとしてゐた。これは日本人の良心であつた。さうして我々の良心は、尖鋭のものからまづ轉向した。考へ方の深淺より、規模が問題である。それはだん〳〵明らかになつた。けふの知性が考へる、純粹な假定――それが科學主義の歴史學であつた――の無力さは、既にはつきりしてゐる。日本の事實以外に、支那の立場としても、支那の面子も、今日本にはあつてはならない。少くとも我々は、康熙か乾隆の一人あることを希望した。さういふ偉大な日本人が一人あらはれるならよい。さういふ人物は、既往の五十年を整理し、將來の五十年を支配する。大陸にもつてゆく文化は、日本の大學の縮小版では駄目なのだ。日本の東京文化の複製では意味をなさない。乾隆文化がどんな形でその影響をけふの世界に及ぼしてゐるか、私は千年の隆盛も求めない、新しいイギリスをアジアに作るよりは、一人の乾隆を作ることに意義を考へる。それは明らかに世界の文化をゆたかにする。

さういふことの可能は、又は方法は、既存の理論で考へる必要がない。史上にあつた大陸への遠征が、かつて新しい壯大の文化を產まなかつたためしがない、この方が、一等はつきりした先例である。私は樂觀する。日本のくらしが困つてゐるだらうか、しかしあの茫大な戰爭と占領とを見て、さて私は東京に歸つたとき、その赤い酒場の燈に、日本の大きさを喜んだ。北京の酒場へは主に軍屬がゆくやうだ。北京はもう日本人の町となつて了つた。さういふ感じさへする。二萬の日本人で北京は一杯だ。日本人の名譽のため浴衣がけで歩いては困ると、さういふことを云つてゐた。しかし私の行つたころは北京の町は聞けば不安であつた。徐州戰のまへで、近日日本軍が北京で大演習を行ふといふ流言があつた。又匪賊襲來の噂もあつた。官衙には防塞が新しく作られてゐた。しかし日本人は平氣で支那街へ出てゐた。以前なら一寸ゆけなかつたさうな、さういふ外城あたりへ日本服が進出してゐた。

私は北京文化に失望したのである。殘存したものもつまらないが、それよりも文化の倫理に失望した。文化の精神に失望したのである。北京のインテリにさらに失望した。北京の女は道を歩いてゐるときは美しいが、男たちは醜惡でグロテスクであつた。醜惡でグロテスクなものは文化を生まない、私は日本の町でみる日本の若い男性の美しさが賴もしく思はれた。その日本の彼らは寫眞でみる西洋の町の眺めに少しも劣らない、そこには大衆的に訓練された美しさがあつた。生活苦にやつれてゐるなど嘘であつた。鐵道省の宣傳の結果か何かしらないが、彼らは颯爽と訓練されてゐた。

北京の要路日本人は多く愼重派であるらしい。東京のインテリが好むやうな悲觀的論調を好んで口にした。客觀的に報告せよといふのはよい、その口うらで悲觀論に何か本當らしさを味ひたいのだ。この雄大なけふの浪曼的事實をそのまゝにつたへるとき、嘘と考へる、その原因は彼ら日本のインテリの小學以來の教育の結果である。東京のそれらが北京のそれと發想を異にしてゐるといふことは今は別事である。我々は日本の教育の中で戰勝國の誇りを教へられたことはなかつた。我らの教育のテーマとした萬邦無比は、ありがたくも、一つの美的な、倫理的な、精神的な、宗教的な、問題であつた。我らの教育者たちは、つねに戰勝國の誇りの陷る崖の深さをおそれた、さうして戰敗國の隱忍の謙讓のもつ濕つた沼を嫌はなかつた。かつて戰勝國の誇りを一度も教育しなかつた好戰國がどこにあるか。日本の教育では、日本の精神の强さを教へたが、藝術的な身振りで戰勝文化を建設する大藝術の創造をかつて煽動した一人の指導者もなかつた。

我々の史上の大陸政策は、深さと密度を求めて失敗したやうである。それはかはりに日本の精神を彫磨した。しかしもうアジアに於て唯一人になつた日本は、今は立ちあがつて大藝術の建設に向ふ時期であらう。我々は今こそさしあたり大陸を二百年確保することによつて、再び世界文化の光榮をアジアにもち來るか、その課題をもつてゐる。寫生の對象を、こちらからあちらへもつてゆくのでは、從軍畫家も無能すぎる。大砲のとぶ音をきいて描くだけのためには、國家の費用を以て從軍作家を派遣する要はない。戰場には報告できないものが多い、戰況の日々は報告できなくともよい、もつと偉大にして必要な文化と精神のものが、我々の文化人の手におへないのだ。日本の文化人は、既存文化をどうするなど考へなくともよい、すべての己の發想をこの日に變革して、すゝんで戰場と內地との橋となり、內地の倫理と精神をたかめるとよい。皇軍の精神の方が、蔣介石の理想主義運動より强力であることを說明すればよい。彼は國民でない人間に理想をといたのである。蔣介石の支那は民國初年の支那でない。しかし私はこの蔣介石の理想主義を碎破することに、日本の情熱を感じる。日本軍が北京に入城して一人の降將がない、南京に入つてまだ現はれない、この支那史稀有の事實を、日本の完勝に轉換せしめねばならない。こんなとき懷柔は口にすべき時期でない。日本の精神と倫理は蔣介石の理想主義、その背景の思想文化を拒絶虐殺することに於て、もつとも偉大な敵としての彼を認識する。北京殘留インテリの如き、なほ知識であり言論であるかもしれないが、すでに何かの新文化ではない。

我らの若者は、生死の間、死と復活のくりかへしの中でその精神を作つてゐる。彼らの倫理は、生死の紙一重の境で教育されてゐる。新しい文化の精神は、この場所と教育が生むであらう。我らの舊來の知性の體系の如き、今日に於ては、皇軍將士はいはずともあれ、蔣介石の親衞兵の一將校の精神よりあるひは薄弱かもしれない。彼らが悲壯の境地で作つた斷末魔の理想主義に對抗するために、十九世紀文物の思想的モンタージユはすべて無力である。

我々は東洋平和のために優秀な支那を殲滅せねばならない、しかしこの悲劇は、支那人の歷史の思想の誤謬に原因する。間違つたものは滅さねばならない。さうしてそれを悲しむ一面で、我らのさらに優秀な正當な精神の戰死を一そう悲しまねばならない。支那軍の一人々々は國民でなく英雄でなかつたのだ、我々の一兵はみな國民であり英雄である。それは我田引水の論でない。歷史の一時期が抒情を奏でるとき人間を變革するといふ意味に於てゞある。

上關、八達嶺には、皇軍が大日章旗をかゝげた。古來漢人が蒙古人と幾度か戰鬪をくりかへした土地である。青龍橋の長城のはるかの上にも日章旗をかゝげて一人の兵士が立つてゐた。かういふ壮大な浪曼的風景を一年半以前の日本人は想像したゞらうか。浪曼的な座興の語が現前し、私はそれを己の眼で眺めたのである。日に二度通る汽車を送るために、見上げる長城の上に彼らはたゞ一人で日章旗を守つてゐた。私は卽興の詩人でないことをこの時に悲しんだ。溪谷の美しい土地である。樹々も多く清冽の水が音たて、すが〳〵しい青葉の匂ひがした。そのかをりに鐵の匂ひがどこからか混つてくるなど、盛唐の詩人の思ひつかない近代遠征の詩情でなからうか。列車のゆきすぎた夜の長さ氣味わるさは、美しい土地ゆゑにことさらだとか。その驛の構内に日本兵は花園を作つてゐた。長城は苔むしてくづれおちたところも眼についた。關所あとは荒廢し、金蓮花、千日紅、矢車草、朝顔などいふ立札があつたから、それらの種をまいたものであらう、私はなつかしい思ひに心のあたゝかくなるのをおぼえた。

京包線（京綏線）は漢人の作つた唯一の鐵路である。まだ日のあるうちに、私は張家口についた。部隊兵舍の二階から私は始めて黃塵の吹く嵐をながめた。それはすさまじい、電光をまじへて、雨さへ降り出した。景物の蒙古の風にも滿足した。將軍の話の茫大なスケールと構造もこの風物の中でふさはしく思へて、何か云ひがたい信賴を感じた。すべての感興が今でさへ語りつぎの一つといひたいものであつた。その語りつぎを描くことは近代文學の困難とするところである。何となれば戰場にあるわが民族の理念も亦、歌や慟哭によつてあらはされる語りつぎばかりである。我らの古典人は語りつぎ云ひつぎゆかんといふことをのみ歌ひ誌した。

張家口についたときに味つた何ともいへない索寞の町の印象は、夕方のうすくらがりに町を歩いたときに一そう切實になつた。清河に沿つたこの町は、漢人植民地の根據地となり、かつて紅燈綠酒の地であつた。今はもう日本人の進出も多い。その日本人の評判は香しくなかつた。內地を旅行したこちらの支那人たちは、內地の日本人は親切でよいから、日本人には二種あつて、惡いのばかりをこちらへ送るのかと云つた由である。しかしこれらは多少考へても、このまゝに聞くのは間違ひである。私は朔風といふことばの方を感じてゐた。町はくらく、人はうすぎたなく、さうしていらだたしい思ひがした。氣味わるい思ひをしつゝ、細いみち〳〵を家に沿つて步いた。日本人の町は橋東（新市街）にある。埃つぽさは北京の比でなかつた。やはり北京は美しい。夜は殆どまつくらで、しばらくの蒙疆の旅から歸り、北京について第一に驚いたことは、夜の明るさと町の物の饐える匂ひであつた。夜もある町、張家口は半分ねてゐる、大同もまだ半分位、しかし綏遠（厚和）はもう夜は外出できない。知らないで初めの夜に外出して人にたしなめられた。包頭も綏遠も夕ぐれのまへにもう戶を閉ざす。それは昔からさうだつたとか、むしろ最近がよいといふ。綏遠の町の深夜に何もなく何もゐないまつくらな町で、私は日本の女の嬌笑の聲をきいて戰慄した。張家口はしかし夜の外出も出來る。それが熱河承德では、さすがに夜も營業してゐるから、これは驚くべきことであつた。こと新しく共匪が侵入しようと何があらうと、私の旅の感想では、もう熱河は「日本」だつた。町を離れた一里のところに交番があり、滿人小學生は日本語で道を教へてくれた。

張家口、大同は日本色が濃い、三千と二千位の數字でなかつたゞらうか。大同では四月に開校した時の小學生八人が八十數人になつたとか。しかし大同にはまだ邦字新聞もない。北の自治政府顧問たちはみな僕らと同期位の若い青年である。張家口から大同への列車は三等しかなかつた。これは通し列車でないからだ。内地で我々は、つねに生活の規準を立派な理想で暮してゐるわけでなかつた。さういふことも私は知つた、私らの生活は清潔と不潔の關心だけで、ある程度の交友と生活範圍を作つてゐたにすぎない。これは暗澹とした發見であつた。それは美醜の判斷ではない、さういふ價値でなく、一種の科學的迷信である。さういふことを心配して内地の文化度で支那に住めるだらうかなどと考へるのはをこである。疲れたら驛のベンチにも寢れるし、空腹になれば露店のお粥も買つて食へる。しかし私は日本人が支那人と同じくらしをせねばならぬといふ意見に贊成してゐるのではない。我らは誇りを外に表はす必要がある。それは必要なのだ。反感を得てもしかたない、あすは戰爭し、けふは懷柔できるやうには、歴史が漢人を訓練してゐない。永樂帝の懷柔を蒙古人さへ輕蔑したのだ。

滿洲で成長した子供らは内地へたまに歸つたときに、自分の祖父や伯父たちが畑に出て勞働してゐるのを見て、實に厭な屈辱感を味ふさうである。それはこれらの「下品の仕事」は支那人に扱はせ、己らは指導監督するといふ風習のせゐだらうが、困つたことである。しかし支那人と同じことをしてゐる尊屬を見て、自分の優越感を傷ねる子供心を私は相當に買ひかぶる。この氣持は一概に排斥してい丶ものだらうか。私は古い倫理に固陋でない。

かういふ大方間違つた優越の精神を一應もたせるのも大陸へゆく若者の心の一部にあつてよいとも考へた。我々は誰でも常識をもつものなら、必ず勞働するからである。大陸へゆく農民に體力で支那人と競爭せよとは云へまい。山を燒き拂ひ木を伐採して、洪水と地容の變形を以て原住民を追放した支那人と競爭するのはむづかしい。さういふ非倫と我らは親善できないのだ。すでに古典的支那は支那に殘らず、日本に殘つてゐる。けふの支那人は古典的支那人でない。永樂帝の時の漢人復興の弱々しさを考へよ、しかし蔣介石の容共がもう支那人の遠征の限度である。そのことを彼らにはつきり知らせるために皇軍は威力を示す方がよい。蔣介石が永樂帝よりえらいとは、誰でも信用しまい。永樂帝によつて漢人の力は限度の實驗を了へた。今も漢人はその實驗をくりかへしてみたいかもしれない。世界文化を擔當する能力についての實驗、アジアに征覇する力のあるなしの實驗である。

蒙古へ滿洲へと向つたのは、根である。その漢人らは一番下等の生物學的人間である。それは花でない。しかし日本はこゝで開花する。張家口から北へ、そこは水々しい新大陸である。そこにゐる兵士たちはみな若々しい上にも若々しい。相當の年配の兵らしいのが、私らに向つて現地除隊を希望する話の口であつた。沿線の各驛の守備兵には年配の人が多い。それがみな立派な髭をたくはへてゐるので、ついこの間兵士はあご鬚を剃るべしといふ命令が出たさうである。ユーモラスな話柄である。

張家口から向うへゆく列車は、もう日本人は軍人ばかりで、それに僅かの軍屬が混つてゐることもある。ゆく〳〵私は背廣の人にあつたのは、雲崗の石佛寺でだけである。これは九州大學の教授とか云つた。大同へくればまた遠い感じである。私らはよく內地のことをきかれ向うから激勵された。雲崗の石佛寺へゆくみちは、さきごろ秩父宮の通られた道である。その時部隊で改修したとか、實によい道なのに感嘆した。その道で討匪にゆく部隊と少しの間同行した。石佛寺へ行つたとき偶然最初に入つていつた第五室で撮影作業をしてゐる青年が、私の中學校の時の友人である米田太三郎君であつたのには驚いた。石佛寺の寫眞を志願して二月近くもこゝに滯在してゐるとか、すでに何回もの危險を超えても う數百枚を寫したといつてゐた。驚くべき遭遇を私らは互に記念したことである。雲崗には他に小野氏ともう一人の人が文化事業のために資料的な仕事に從つてゐた。例の有名な、日本軍司令官こゝを親しく訪れといふ掲示を感慨を味ひつゝよんだ。

張家口以北の自治政府の成績はよいといふ、その一例として、大同にある晉北政府の收稅成績など、もう一部では事變前よりよくなつてゐる程だといふ。大同には夥しい石炭がまだ放置されてゐた。通しの交通列車が日に一回では仕方ない、無限の富がそのまゝにされてゐる。しかし沿線警備と小戰鬪は寧日なくくりかへしてゐるらしい。大きい事件がないから、反つて着實に進むのであらう。その代りに花やかな報道面にはのつてこない、こゝに築かれてゐる精神をつたへるためには、派手な戰線ルポルターヂユでは困難である。

大同を發して厚和（綏遠）に向ふ、芝生の山のやうな陰山山系には若草が青く萌ざし、南にひらけた原は無限に曠い、そこに馬や羊を所々放牧してゐた。

黑白の野羊の仲間となりにけり

私は大同へつくまへからこの句を口にしてゐた、車窓から黒い羊も見た。この句には大陸のもつ感傷の哀愁と勇氣の諦觀があつた。大同の戰ひに戰死された大生少將の絶句である。私はその表現よりも感情に切々と共感した。沿線の驢馬が汽車に驚いて、反つてこちらへ走つてくるのも微笑ましい。白塔は厚和の三十分ほど手前に見える、沿線唯一の人工物だつた。隣りの乘客が、いつもこゝを通る度に、一度行つてみたいと思つてゐるのだと語る、張家口の會社關係者である。初めて木立が見え、綏遠に近づくと樹木が增し、やがて歸化城の城壁が見える。

綏遠の町で私は初めて沙漠のやうな砂原を見た。十歩さきをゆく馬や車が、その車輪のあげる砂塵でかくれて了ふ位である。驛から一里近く、さういふ道を歩いたのである。埃よけの眼鏡は役にたゝず、マスクを通して砂は口に入る。兵士たちも困つたさうである。蒙古兵の若干にこゝであふ。包頭ではその演習もみた。沙漠の感じの一端にも眼でふれた。そこは草原のやうな遠望で、近づくと草は斑になり、歩くたびに砂煙が背丈にまで立ち上る。私の行つたころはから〴〵した白い花と、あやめのやうな紫の花がさかりであつた。白や黃や紫の色が、みな高山植物のやうに色鮮やかなのは、やはり水に不足した結果であらう。黃土の斷崖も珍しかつたが、高山の花が咲いてゐる砂原はさらにめづらしい。砂漠を橫斷した外人の記錄を見ても、その全貌は、こゝで察することが出來る。厚和は大きい支那人町である。たま〳〵に蒙古風俗を見る。私はあちこちと歩いて知らないうちに場末の下等なさかり場へ行つて了つた。厚和市街の方は城壁がないので夜の外出は危險だとか、しかし私は知らないで夜の町へ出て、すつかり閉されてまつくろな、人一人ゐない氣味わるい夕方から夜中への町を見たのである。

包頭では炎暑にまづ驚いた。埃と泥のわびしい町である。さうして到着した次の夜から朝にかけてめづらしい大雨にあつた。町の道は河をなして流れる。こゝの黄河沿には兵士がテントの外で看視してゐる。赤褐色の流れの上を白い鷗のやうな鳥がとんでゐた。包頭の町から一里位の果しない河原である。さうして驚くべきことに、こゝでさへ私は「日本」を感じつゝ、つひに邊土の感を味は、なかつた。あの王昭君の傳說の墓はこゝの近くにある。勿論そこに詣でることは出來なかつた。二千年の時代は別として、私はこゝで朔北の旅愁より多く「日本」を味つてゐたのである。

包頭への往きにものめづらしく思ひつゝ通つたところは、歸りに一層感興ふかかつた。な、めにかたむき、泥でできた村々は、戰のあとを教へてゐた。怖ろしい物語の中にあつただけの事實、無人に化した村を野犬が群をなして走つてゐるのも見た。その無人の村を、一軒づつ門扉を叩いて歩いてゐる乞食がゐた。私は物語を考へて戰慄を味つた。往きには、さびしい土地へ、怖ろしい不毛へ一歩々々あるいてゆくとは思はなかつたものだが、歸りの汽車で東行する間にだんだん綠の土地へ出てゆく心持がわかるのだつた。柳茄のとぶ驛は大同を東へ出て初めてあつた。私は先の日、白塔を過ぎて、いくらかの木立を見て欣んだことをふと思ひ出した。立木があるといふだけのことが、どんなに豊かなことか、大同のわびしさも張家口の索寞も、歸りには樂土の感じがするのであつた。北からくれば、どこもかも手近い樂土である。往きにこそ張家口と大同の間を荒涼としてゐると思つたが、それさへ歸りにはすつかり變つて了ひ、何か暖いもの明るいものへの近づきを匂はせる。南に芝山が見え、若草が萌えてゐる。本當に美しい緑だつた。隣りの兵士が、獨りごとに、大分山が青うなつたな、あの山が枯れて、そして又青うなつて、又枯れて、そして……とつぶやいてゐた。私はそれをききつゝ、その詩のやうに美しい言葉を、そのまゝ口の中でくりかへして、何かあたゝかくひきしまつてくる心地を味つてゐた。

何べん思ひ改めてみても、ゆきにあんなに荒涼とした思ひで通つた土地が歸りには豐かな緑の沃土になつてゐるのだつた。荒涼からさらに荒涼へと分けいることも時の勢であらう、しかしさらに南下した勢力の當然性を私はひし〳〵と感じてゐた。荒涼は、ある時期まではゆくものをさへぎる、しかし南下には何ともならない必然性があつた。大同から東すれば、草の花が咲き木立がある、歸途にはそれが眼につくのであつた。柳、ポプラ、あかしやの類である。どんなさへぎる力のまへにも人はこのみちを南下するだらう。

私は歸途青龍橋站を午後に通つた。關外の地は曇り日で、その空の下を一日汽車で旅してきたのちに、居庸關の山の峽から眺めた北京の空の美しさは忘れがたい。だん〳〵に土地は豐かになつてくる。しかも北京はそのさらにさきにある土地だ。空の色の美しさは特別であり、それは人を招く豐かさに溢れてゐた。塞北よりくれば、まことに北京の平野は樂土であつただらう。古來幾度かこの關を南下した民族の、その勢力の生物學的自然さを、この時こそはつきりと知つたのである。北京の空は、この陰慘として曇つた砂原と岩山の向うに美しく晴れてゐて、その空の碧は眼もさめるあざやかさであつた。やがて夕やけ雲の出るころになると、その南の空は一帶に深い朱色につゝまれた。かへりみると北はなほ陰鬱の暗雲である。しかし人間の生命力はどちらの空の下へも移動した。南下もしたが、北上したのもあつた。追はれたものと、攻め下つたものと、いづれも力强い。しかし今日の日本は國家と民族と國民の理想を、征戰の形式に現してゐる。それはいつかは寧夏を越えて黄河の原始に遡上しつゝ、蘭州に出て赤色ルートを破壞するであらう。その時世界の交通路は偉大な變革に辿りつくのだ。さうしてその行爲自體が一つの日本の精神文化である。

石佛寺と綏遠

　雲崗石佛寺に行つたとき、あの窟内で寫眞をうつしてゐるのが、舊友米田太三郎君であるのに驚いた。もう數百枚に及ぶとか、私は米田君から佛像について細かい話をきいて感心したが、石佛寺の全體にはあまり驚嘆すべき感想を思はなかつた。この大藝術は後世の加修彩色が原型を非常に傷めてゐる。

　私は望外にも優待されて大同から送られてきた。新道は改修されてゐるし、車は普通の乘用車であつた。さうして私は討伐にゆく部隊の中に入つて、その部隊と共にこゝまできた。僅かに數時間をこゝに費してそのまゝ大同の町へひきかへした。このくど〳〵しい大藝術は、それだけの觀察で云々するのは不都合であらう。山原の臺地をしめて、佛窟を掘り、まへに堂をつくらつてゐる。堂は勿論新しい。實に色々なものがあるのに、私は驚いた。推古も白鳳もみなこゝにある。これは一つの雜然として大なる展覽會か博物館の感じである。

　佛窟のまへには小さい部落がある、支那人の子供がでてきて案内をさせよとつきまとつて離れない。今では內地からの旅行者は大ていこゝまでくる。日本軍の駐屯兵が丘の上にゐる。しかし數里を谷に沿つて峠の向うにはまだ敗殘兵がゐるさうだ。さういふ話など米田君にも色々きいた。こゝに久しく居て決死の日にもあつてゐるのだ。米田君は特に志願して出てきたのである。

私らの大同の旅舍の女中は、もう二度も雲崗へ行つたと云つた。誰かが佛さまがすきなのかといふと、途中に美しい花が咲いてゐて、それをとつてくるのだと云つた。花と云はれてきづいた、大同の町には花などみる影もない、泥と砂の町である、沙漠の所々には草の花がある。しかし女中にきいた石佛寺へゆく途中の白い黃いな色の花は私も美しいと思つた。北京から居庸關を北に越した胡砂の吹く曠野でなくては味へない感傷である。その女中は私が包頭へゆくときいてそこにゐる女に手紙を託した。包頭には旅亭の女しかまだゐなかつた。

石佛寺の佛像の發見は一九〇三年である。日本の伊東忠太博士がその世界史的光榮を得た。北魏より千年、僅かに傳說に見えてその所在は中國人にも知られなかつた。以來日本で石佛寺の硏究は澤山にあらはれて我らも了知した。私ははからずも今年そこに立つて、想像しなかつた日にめぐりあつたやうな感激を思つた。眼のまへにそれを見ることは、私にはその時代では當然想像の部類であつた。

この石佛寺の建立のためには澤山の外國人も働いたといふ。印度や西域の工人も交へてゐただらう。これらの作品は隅にあるもの、やうに私には思はれた。それは實に美しかつた。この大藝術のために、私はふと北京の美術や朝鮮の石窟庵も考へた。石窟庵は念のため旅の始めに見てきたのである。そこは曾遊の地であつた。私は比較のためといふやうなさもしい心から解放されてゐなかつた。私は石窟庵を忘れてゐなかつたことをその日にも、その前日にも知つた。しかし形の上で念を入れたのである。平壌を見、江西までは行つた。（その先きの梅山里にはつひに行けなかつた）それから扶餘にも立寄り京城の祕苑も見てきた。日本の古像の形はどれもこれも石佛寺にはみんなあるといふ、しかしそれは感覺として日本と異るのである。今それをわが眼で見てさうして私は安心した。そこにある大藝術は、枚數で競爭するやうな、けふの大小説の感覺に似てゐた。ゆめにも日本の傳統の美觀でもなかつた。すべてが大なるものへの關心、つまり威壓と比較と勝利の示威でつくられてゐる。それは藝術とちがふもの、純粹に宗教とも違ふ、政論政策のための藝術的產物である。けふの日本主義文藝は、國策に順應するといふテーゼを以て終焉する。轉向文藝は國策順應の一色となつたのだ、他國のものと競ひ、たゞ外形でうちかたうとする心の示し方だけでは國家文藝は生れまい。子規は短歌を以て外國文藝の大砲や鐵砲にもびくともせぬ國文學を作らうと云ひ、樗牛は俳句の流行は日本人の怠惰の證明と叱つた。私はさういふことを考へてゐた。しかし石窟庵には無理がなく、石佛寺に無理があることは、この上なくをかしい。勿論石佛寺の個々の作品中に、古典のあることは云ふ迄もない、しかし石佛寺は個々で語るべきものでない。

しかし私は厚和（綏遠）に數日の、ちにゆき、そこで見た喇嘛の寺に美しいエキゾチズムを感じた、町も北京についで美しい。さうしてもの、匂ひがした。大招、小招、延壽寺、五塔招等、寫眞にみたものがうつゝに見ても美しかつた。すべて清代の作である。五塔は恐らく乾隆年間に今の形をもつたものであらう。形態も秀でてゐた。大招門外で私は下等な場末のさかり場にまぎれ込んで了つたが、宿舎にかへつてからその町の危險を教へられた。厚和は城壁のない町であるから少し危險ださうである。夕ぐれをまたないで町はみな表を閉ざして了ふ。その深夜の町で私は日本の女を見たのみである。

政治としての藝術はむづかしい。無謀な競爭意識は「大」を作りつゝ、その「大」にはつきりと復讐される。しかし私はふと、今日の日本は大陸にかなしい大藝術をつくらねばならぬのだと思つた。これは日本の大なる悲劇である。しかし私は、日本がこれをせねばならぬ日を、今日に感じた。さういふけふを、我々の民族は豫知し、さうして行爲してきたのだ。我々の近來の文學の動きは、無意識のうちに平板な精神のかく大小說をのぞんだのである。やがて日本の政府は、眞の日本的作家よりもいつでも內容をかへて、レツテルのはりかへられる大小說にけふの必要品を見出すだらう。そのとき大陸に適せぬ一切の日本の古典はどうなるか。その運命と對策は私にわかる。私は日本のために惧れる、私は文藝批評家である、その誇りをもつてゐる……けふの私は、けふの一切の國策文人と國策詩人の歌ひ得ない今日の讚歌詩人である。さうして私のけふのロマンチシズムは、合理的な國策文藝と、少し合ひがたいのを悲しんでゐる。しかし朔風の下のわが軍隊や蒙古の風土は、私のロマンチシズムを非常に滿足させる。私は北京と東京にははつきりと必要以上に失望してゐる。

蒙古の風に胡塵がとび、雷鳴と大雨の降る軍舎で私は、數人の蒙古にゐる軍の指揮官にあつた。彼らは私に感激を與へた。もし朔北に原始の精神が植わるなら、日本の精神は大陸を捲席するであらう。その素樸原始のものは、野蠻と文明といふ、十九世紀論理のつくる虛妄のシステムとちがふのである。綏遠を作り、北京を作り、熱河を作つたものが、あのくり〳〵坊主の滿人であつたから、私はすべての十九世紀西學の文化の倫理と論理を無視するがよいと思ふ。私はそれほどに康熙乾隆の二帝の偉大さを見た。彼らが漢人文化を指揮利用したといふ如き、市民社會的文化論理は一笑に附すがよい。

私はすゝめられてゐたやうにはせず、石佛寺で泊らなかつた、そのまゝ下山した。さうして大同の五龍壁や、上下の華嚴寺などを見て歩いた。大同から石佛寺へ五月ごろにバスが二同通つたさうである。驚くべきことである。戰地でもう遊覽バスを出さうと日本人はしたのだ。これは實にきゝ心持のよいことである。しかしバスは危險のために二同きりで中止になつた。今年の花祭の日に、雲崗の寺では晉北の日華佛教聯合會の主催で、花祭が催された。そのポスターは大同にゐた素人の日本人僧が間に合はせに描いたものださうだが、北京などで見られぬよいポスターだつた。私は華嚴寺へ行き、そこの老僧にあつた。聯合會の會長とかいつた溫和な氣品ある人物であつたが、私はつまらぬ筆談をして歸つてきたゞけであつた。

萬壽山と大同の石佛寺と比較するのは、さすがに後者に對する冒瀆であるが、私は依然として萬壽山に比較したい。偉大な權力者の子供らしさは、構成力の缺乏といふ外觀を呈するのでなからうか。萬壽山に私は婦女子の手藝をみた。創造を知らないで次々に描き加へてゆく子供の手工や自由畫の美しさは、倦いたときが終りである。それはそれとして、部分として美しい。さうして石佛寺ももつと〳〵掘りましていつた際限のないものがある。こゝに一體いくつの像があらうか。私はそれに感嘆した。この大藝術の作者は、もの、かぎりをつけるために、神のひいた渚の線の存在をしらない。大浪は山を越すとも、つひに渚を越さなかつた。しかし大藝術の作者は渚をしらない、彼らは宿命のやうに奔命につかれる。無限に働かねばならない。大陸に必要な大藝術を考へる日本にとつて、その神と心の事情を知る日本ゆゑに、これは今後の大悲劇である。

京承線をゆく

三日の朝六時半に起きて、正陽門車站に急いだ。昨夜は最後の北京の町を樂しみたいと、夜遲く迄竹內君や神谷君と共に、日本の酒店や洋風の酒場を歩いてゐたので、歸つてねむつたのは三時を過ぎてゐた。しかし今朝はなか〳〵にすが〳〵しい。離れてゆく北京にもさして哀愁を感じないほどによい朝であつた。そのうへ、短い期間だつたが、兩氏らの案內のおかげで、なか〳〵充分な日々を送り得たからでもあらう。今日は六月三日、北京の昨日のひるは大へん暑かつたが、さすがに朝はさほどでもない。きのふの暑さにはすこし弱つた。朝鮮でも暑かつたし、天津へついたときは驚いた。しかし五月の氣溫は內地に變りないほどで、なほ早春の支度をして行く方がといはれた遠い北の包頭ではむしろその暑さに閉口した程であつた。

正陽門の車站では切符を買ふのにまごついた。昨日きたとき改札一時間まへにしか賣り出さないとの話だつたが、一體どこでうるものかもわからない。こちらがこんなさまで不案內の上に、案內所も不親切であるといふより、案內所さへ不案內らしいことは、熱河へ出る途中に何かものを賣つてゐる驛があるかと聞くと、日に一回しか通らぬ列車ゆゑ驛うりなどどこにもないだらうといふ答だつた、そのため私は辨當まで北京で買つて出かけたのだが、沿線のどこにも驛うりはあつて、丁度ひる頃についた古北口には辨當を賣つてゐた。

北京から承德へ出る鐵路は、事變まへから計畫されてゐたものだが、事變と共に卒急に建設したものである。十月に起工し、二月に終工して、三月から假運轉の形式で滿鐵が經營を委託され交通列車として旅客運送をしてゐる。しかし承德北京を交互に一日に一列車出るだけである。脫線や不通が時々ある、いはゞ事變鐵道である。その建設から終工までに要した時日は距離の點からも、東洋の記錄といはれてゐる。北京より古北口までは比較的平地で工事も容易らしかつたが、古北口から承德までは殆んど山地である。一方大正八年合衆國が東洋政策の第一歩として作つたバスの道が激しい坂をへあがつて北京から古北口に通じてゐる。そこを日に一回バスが通る。このバスの道は今承德に連絡してゐる。滿洲國で建設した新道と以前からある舊道が、古北口の近所で車窓からも見られた。康熙乾隆帝も往還されたと思はれる舊道は車馬の辛く通るばかりにあはれな細道である。新道の方は堂々としてゐる。

この汽車は私の乘車した數日まへにも、少しの雨のために不通になつたのである。知る人々はこの鐵路の危險を云つて、飛行機の便が得られぬなら錦縣に廻るがよいといふ。しかし私はその線路の心もとなさを知りつゝ、なほさらこの事變鐵道に乘つてみたい氣がするのであつた。それだから私は前夜閉店まへの菓子屋などへいつて、もし脱線したときの用意に、などと冗談を云ひつゝ、飴やチヨコレートや果物のやうなものを買ひ込んだのであつた。ところが實にその通りに、その菓子や果物が、熱河の山中で役立つたのだから、何とも言語道斷のことであつたとより云ひやうがない。

この事變鐵路はしかし今ではあまり必要がないやうである。尤もそれは我軍の誤算であつたらしい。その誤算はいはゞ我方で己の軍の實力を過小に見積つたからであらう、南口鎭があんなに早く陷ちて、蒙疆策戰が今のやうな好成績をあげるとは一寸考へられなかつたからであらう。つまり熱河線が不用の感あるのは、その日本軍の好成績が豫想を超越してゐたからである。しかしこの線の開通は今のまゝでさへ、かなりに有力な力づよさ、氣づよさを味はせてくれる。北寧鐵路は日本のものでない。熱河北京線は純一な日本の鐵路である。實に內地の鐵路に比べては云ひやうもない粗末な假建設線であるが、それでも滿洲と北支をつなぐ二つの線のあることは、地圖を按じて行程をはかつてゐるにすぎない我々一介の旅びとにさへ限りなく力づよいことであつたから、日本のそのためにもつ示威の力づよさの無形の總計は甚大なものであらう。この急造の事變鐵路を私は乘つてみたかつたのである。北支及び蒙疆の戰績が、半ば不用化して了つた事變鐵路だからである。南口鎭から居庸關を越えて、萬里長城の向うへ出ようとする旅人があつたなら、恐らくこの山地のこなたに於て、超えがたい自然の壁を目前に感じるであらう。それは平安の日の旅人のもつ感想である、私は南口の激戰地の跡に立つて、さういふ怖ろしい氣がしたのである。なほ行かねばならない旅人はこの平原から山地に入る關所に於て、力つきてへたばりふしたい感じをいだくであらう。そこの大自然はこんな構へと態度で人間の行爲と旅と遠征に對して、拒絶を宣言し、抗争を用意してゐると思へるやうな自然であり、風土であり、地形であつた。さういふ天險に據る敵軍を驅逐して、我らの兵士は遠征の第一歩を蒙疆にふみ入れたのである。これは驚くべき人爲である。私は何よりも、こゝを進軍した大衆の力に讃嘆を――むしろ偉大な怖れを最大限に感じた。この拒絶を示すやうな自然が、とりもなほさず南口から居庸關八達嶺に出る關であつた。それは人が人を防ぐのでなく、自然が人間の進入を拒絶してゐる構へである。さういふ構へを一突に突破した日本軍の力が、この事變鐵路の事變要素を實利より氣持の上のものとしたのである。しかし今ではこの線は訂正される必要を示してゐるだけである。それは當然な文化工作の一つであらう。

ただ切符を購入するのみのことに大いに苦勞して了つたのだから、少し恥しいなさけないことであつた。歸りは來たときと異つて、旅客の一々を審問することもない。さて列車は客車を三輛位と他に貨物車を一輛つけた位の簡單なものである。二等車も三等車もほゞ滿員である。列車が動きだしてからの話だが、ボーイが頻りにお茶をくれるのはやはり支那の汽車だと感心した。

北京を離れるとき、電鈴がなるのか、やはり鈴をがらんがらんと振つて歩くのか、私はそれを憶えておくつもりだつた。さういふ旅愁を述べてそれを誇張するに足る物音を覺えておくことは、私のやうな旅心で、事變下の戰時地帶を行く者にとつてはせめてもの色どりであらうと思つたからである。愈々北京を離れるときの最後の北京の物音を注意しておくのはある時に必要な心掛である。しかし私は列車の汽笛がなるまで、他に氣をとられてゐて、つひに準備しておいた注意を忘却して了つた。それは、その時丁度二羽の白鳩が正陽門の方から構内へとび込んできたのであつた。私はその二羽の鳩にみとれてゐた。鳩はもつれあつて上下しばた〳〵ととびあつた。私は心のあたゝまるやうな、清いなつかしい氣持で一杯になり、この離京の朝をかなしんでゐたのである。さうしてゐるうちにつひに汽笛が激しくなりひゞいた。云ひ忘れたが、私は同行の佐藤雨氏と離れて、一人でこの列車に乗つたのである。一足先きに熱河に行くといふ約束だつたが、つひに佐藤氏らは來られなかつた。我々は大連から船にのる前日旅順の博物館の一室で偶然に又おちあつたのである。私は一人で北京の朝に、この千年の故都を離れて近世の祕境熱河へ行かうとしてゐる。もう私は蒙古に於て一人旅を慣れ忸んでゐた、わけて擴大された日本をゆくといふ絶大な氣持は、以前に朝鮮の田舍へ一人で行つたときよりも、さらに云へば日本の偏土の田舍へ行くよりも、何に較べても今度の熱河への旅行を平易に感じさせたのである。

北京正陽門車站を發車したのが新時間の七時半である。舊支那時間で云へば六時半である。早朝のことだつた。平常の日にめつたにないことだが旅行中は一月餘り、深夜に睡り、早朝に起きる習慣になれてゐた。朝ではあるが、快晴の空の下はもう次第に暑くなり、ひるをすぎるころでは一番暑い日の一つであつたと思つた程である。あの有名な通州事件の犧町はづれにある通州驛についたのは八時半である。こゝは下車しなかつた。通州事件の犧牲を遙かに車窓から追悼した。私は、その犧牲者に對し敬虔な氣持を感じてゐた。新しい報復を思ふより、日本は國家の實力を別途の形でもつと示さねばならなかつたのである。文化工作を云ふより、まづ皇軍の實力の認識を體得せしめることは、對支文化事業の緊急事と思はれる。思ひついた時に、うれしがつて立派な病院を建て、みたりしてゐるやうな國々のやり方や、大陸の奥地に立派な教會を建て、みせる異國式では、極東の日本は困る筈であつた。通州までは日に何往復とかの列車があるさうである。その通州の町は停車場からはるかに遠方に見える。通州附近の風景は內地のやうに和樣であつた。沼があり、池があり、木高い林があつた、堀割りには水がゆたかに流れてゐて、土地も赤く、よく耕されてゐる耕作地も美しく區劃され、全く日本のやうであつた。景色は明媚といふのがふさはしい。有名な高塔は、驛につく少し手前から右手遙かに眺められる。名を知らない黃色い花が一面に咲いてゐて、北支滿洲のあちこちに比べて、よく作られた土地であつた。大陸と蒙古に於てすでに幾度も痛感したことだが、こんな廣大な原野に於て、工作といふことが、どれほど激しく意志的な、しかも見た眼になつかしいものであるかは、未墾の原野や不毛の土地を知らない內地で思ひ及ばぬことであつた。原野の間に自然に發見された泉や、流れる水をあてにしてなされる耕作といふものが、すさまじいまでに激しい人工であることは、支那に於て私の知つたもの、一つである。古の聖人が農を本と尊んだ心は、恐らくこの支那の風土に於て現はれる人間の最も強い意志と精神と、とりわけて自然に抗爭する人工の勝利の理念の具體化されたものにあつたのでなからうか。それは日本のやうな耕し易い小平地をうちかへしてゐるのではない。神の描き劃した境界のない廣さを切つてゆかうとする人間の意志力と精神力の現はれが卽ちこゝでは農である。私はそんな氣がした。それは神の描いた境に從ひその境を越えないことではなくて、むしろ自然と神への抗争であり、その宣言が、一人の小さい農人の鋤鍬によつて表現されるのである。あのブルヂョア趣味の近世の田園生活でもなく、まして隱遁の失意者を誘ふ境涯でもなかつたであらう、さういふ人生に於けるセンチメンタルなものに反對する意志の世界と思はれる、抗争の世界と思はれる、歸らうと歌はれた田園は、大唐の以前になかつたイロニーではないかと思ふのである。さうして私は支那で、その原始の人間に於ける農を感じた。そのとき農本は順應や謙讓でなくして怖ろしい抗争、執拗な意志である。それは日本の自然で考へられぬことであらう。從つて農によつて一種の虛無的な宇宙觀を表現した古來の聖者の、その深奥な教へは素樸な屈服や順應でなくして、イロニーによる意志の表現にあつたのではなからうか、そこには深いさうして原始に於ける激しい自然と神への抗争の宣言が誌されてゐたのである。從つてこの大なる人工を土臺と僭上し、勝手にたゞその上に狂ひ咲くやうな小政權の動向は、各人が土臺的に行つてゐる宣言に對し極めて小ざかしいことであつた。彼らの道の人は、政權の動向に對し無關心であることを誇つたのであつた。さうして彼らの道を極めた人は、忍術を使つて、朝に極北に遊び夕に南海にとんで、神々の定めた自然と能力の境界と限界をあざわらつたのである。

鐵道は通州からが新しい。密雲をへて古北口に出る。密雲では匪賊の噂をきいたが、大方すでにさういふものに不感らしいやうな人々ばかりの列車である。京包線でものる日によつて色々の情報が噂として語られてゐた。さうして乗客はその日のその場所を、車窓からのぞいて、山端や山の背、田のあぜなどを、あれではないかなどと指さして待つてゐるやうな振りであつた。密雲がほゞ中間の驛で、やがて古北口につく。ひるまへからもう暑くてたまらない列車だつたが、古北口へきて少し涼しい。古北口を東へ越したとき一そう涼しくなつたのも何か尤らしい氣がした程である。古北口は萬里長城の一つの關として有名である。長城の見物場所として昨今少々有名になつた。

汽車が古北口につくまへに美しい流れが車の右側に見えてくる。潮河といつて、白河の支流の上流らしい。長城の眺めが近づいてくる頃に驛に出る。その驛の少しまへに、有名な南天門がある。熱河聖戰に於ける皇軍苦戰の跡である、眼につき難いことだつたが、向ひに乗り合せた人が教へてくれた。古北口の驛へつくと、稅關吏と領事館警察が乗り込んできた。乗客も少し增す。古北口は河北省に屬してゐる。町は潮河をはさんで河東、河西の二大街からなり、人口は五千餘で、中に日本人が二百人位ゐるさうである。熱河、多倫に通ずる交通路の入口、萬里長城の峽谷中に在る。こゝには日本軍も駐屯してゐる。

長城は市街の四圍を山頂に沿うて蜿蜒と回り、それが重疊して臨まれるところが美しいのである。あの八達嶺以上に推賞する人があるときいた。その長城の美しさは古北口の驛でも望見される。その驛から見渡したところに日本軍が進軍の途上に破壞したといふ場所も人が指摘してくれた。あの堅固な長城壁に一瞬にして突擊路が開かれたさうである。古北口の長城壁は潮河に沿つてその崖上を走るのである。水の上に望まれる長城はまことに美觀であつた。新綠の候にこゝを通つたことも、その景色の美しさを享受するためには、めぐまれてゐたことであつた。木々の綠の美しさに加へて、よく晴れた空の下の水の流れも淸らかである。さうしてこゝの和やかな景觀は、西洋の銅版畫でみるライン河畔の古城の風光などに思ひ合されるやうな趣きである。雄大な、靜かで落着いた風景は古北口で充分であつた。山と水との中に位置した長城はどこで他に見られるのか知らないが、こゝで見た長城の美しさは忘れがたいこと、なるだらう。居庸關あたりとは全然趣きの異る長城である。驛でみた長城の蜿蜒のさまには居庸關あたりで見なかつた索寞さを私は感じた。流れの上の城壁はそれとも異つてなつかしく思はれた。この流れに臨んだ長城の景觀が加はるとき、初めて古北口の長城の美しさはいやますのである。しかしその點についてはあまり人からきかなかつたのでさらに新しいことであつた。

古北口を發車したのは二時二十分であつた。車窓から見てゐると小さい村で、祭りのやうなものがあつた。芝居か何か知らないが、筵がけの小屋をつくつて、舞臺をくんでゐる。その藁づくりの屋根の棟の兩端は大きい鴟尾の形につくられてゐた。村民が澤山出てゐるのでお祭だらうかと思つてゐた。

さて汽車は大體無事に進んできた。古北口までは動搖も思つたより少い、安心してゐたのである。さうしてもう汽車の心もとなさも忘れてゐた。しかし古北口を出て少し、初めてトンネルを通るときにまづ驚いた。それはほりぬいたまゝのトンネルで、御影石の隧道は石をきりぬいたまゝである、その間を列車はすれ〳〵に通るのである。さういへば山と山との間は土をもりあげてあるとか云つてゐる、それが實に不安らしい。山を越えるのに七折も八折もゆききをくりかへして坂を上るさうである。なか〳〵の山地の由をきいたので少しづゝ不安心になるといふより、むしろ好奇心となる。八時すぎに承徳へつく豫定であつた、勿論この時間表の豫定はめつたにあつたことのない豫定ださうで、大抵一時間二時間は遲刻するさうだ。ともかく遲々としつゝも進んで夜には承徳につくと思つてゐたが、私の乘つてゐるその列車が古北口を出て一時間半あまりのところで脫線したのだつた。思ひもよらないとも、案の定とも云へない實に變な氣持であつた。

時刻は三時四十五分であつた。少し異常な動搖をして、異樣な音響がしたと思つた。同乘してゐた滿洲國軍の警乘兵がその瞬間に「しまつた」とか「やつたな」といつたときはまだ何かわからなかつた。相客が脫線だといつて立ちあがつた。どちらも瞬間のことで次の瞬間に列車は停止したのであつた。忽ち乘客は車外にとび出した。私もとび出した。車から外へ出て驚いたことには、脫線場所は高い崖の上であつた。早急に土をもつて、山と山との中間に線路をひらいたところらしく、もりあげた赤土の線路はいたるところ最近の雨のためにくづれてゐた、私らが步いても線路の土砂は、いくらもくづれおちる。さうして線路の兩側は步く步幅もないほどにくづれてゐた。前方の線路をみると、凹凸がひどく、うね〳〵くね〳〵してゐて、危つかしさといへば云ひやうがない。これでよくもこゝまできたものであると思ふばかりであつた。步くほどの速力でやつてきたのであるが、こゝまでくるともう先きが大へん不安になつた。

脱線したのは四輛目の貨車である。機關車のまへに二つ貨車をつけてゐる。これは古北口で加へたものらしかつた。その貨車には馬が十六頭入つてゐるさうで、幸ひ乗客にも馬にも死傷はなかつた。しかしかなりの大脱線で、脱線してから四五十間走りつゞけたらしく、車輪が半回轉して了つて、レールと丁度T字型になつてゐる。この脱線が機關車でもあつたら我々は崖をころびおちて生命を全うすることは不可能であつただらう。しかし脱線は線路の故障でなくて、この貨車がいけなかつたさうである。軍馬と一緒にきた兵士の話によると、これでこの貨車はもう四回目の脱線のよし、しかし今度は少し大きい脱線だといつてゐた。まへにはトンネルの入り口でやつたため列車が崖をおちる筈だつたが、丁度機關車だけがトンネルの中へ入つてゐたため、それにさゝへられて助つたさうである。その兵士は四回とも同じ貨車の脱線に立ちあつたわけである。けふも機關手はこの不吉な貨車を出すことをなか〳〵肯んじなかつたが、檢車の方で保證したのでつひにひいてきたさうである。

ゆくさきの線路をみてゐると心細い感じがした。その間に車掌は携帯電話機を電線にひつかけて、まづ承徳から救援車を至急に呼んでゐる。我々は何もわからない、することもないのであちこちと見歩いてゐた。忽ち百人位の人夫が出てきて、線路の前方を修理してゐる。それがまた大へんにもの〳〵しい。私らの列車には手のつけやうがないので、滿人の車掌も警乗兵もたゞ傍観してゐる。保線の人がのりあはせてゐて、それが電話をかけてゐる。車掌の話では承徳からの救援車をまつなら八時間位かゝらうといふのである。機關車のまへにとりつけた貨車で途中までおくつてくれたらいゝではないかと、乘客の方で交渉したがこれは出來ないといふ。それで我々はどうしていゝかわからない。崖下は國道で時折にトラックが通る。乘客のあるものはそれにたのんで承徳の方へ出ようとする、二時間位の間にトラックが二臺通つて乘客は少し減つた。電話で承徳や古北口と連絡したあげく、我々はどうも古北口へ歸してくれるさうである。我々にしてはこんな山中にとめられて夕食や宿舍もないところで不安にゐるより、古北口へひきかへすのは好都合である。乘客は二三等を合して六十五名と云つてゐる。ほゞ一時間もしたとき古北口からトラックがきて松火をもつてきた。復舊は夜になるらしい。私は車中へひきかへした。そのうち時間には、我々の客車に機關車を連結してゐるのであつた。その音に假睡からさめたらしい。六時半であつた。機關車は古北口の方からきた、兵士が七名乘つてゐた、だん〳〵夕方になるので少し心細くなる、兵士がきたので何か心強い。しかし兵士たちは列車と乘客のためにでなく軍馬のためにきたといふことがぢきにわかつた。彼らは馬を貨車からひきおろし初めた。さうして脫線現場にそのまゝ居殘つて、新しくきた機關車は我々の列車を古北口の方へ牽いて動き出した。丁度七時であつた。逆行を初めると、列車はぎし〳〵がた〳〵めり〳〵といふやうな氣味わるい音をたてる。今にも脫線するか顚覆するか、その上客車は解體して了ひさうな氣がする。その音はくる時には全然氣づかなかつた、今になつて氣持わるくて仕方ない。これで無事に古北口に迄つくのだらうかと思はれる程であつた。我々乗客はみな古北口へひきかへすものと信じてゐたのであつた。それで兵士のきた時にも、送還できない軍馬の保護にきたものと思つてゐた。ところが我々の列車は古北口へゆかず途中で停車した。そこは驛のやうなところであつた。まだ開場してゐない停車場で火頭山驛といふのだと車掌が教へてくれた。人家が遠くに數軒あるやうな山間の驛である。保線工夫の宿舍のやうなものが建つてゐるが人はゐない。我々の列車はこゝで停車したまゝ動かない、そのうち機關車はとりはづされて、又現場の方へひきかへすのである。我々は古北口へ送還してくれるといふことを信じてゐたため、鐵道會社にだまされたやうな始末になつて了つた。尤も古北口へひきかへせば列車が復舊せねば宿舍の用意までせねばならぬだらうから、鐵道の方にとつては大變なわけである。しかしこゝで復舊をまつことは一層乗客にとつて前途遼遠の感じで、何故承德から救援車を呼ばないかと云つてみてもすでに無效である。我々は熱河の山中に、機關車のない客車の中へ入れられたまゝ一夜を明かさねばならぬかもしれない。事實深夜の二時まで我々はこの驛に放置されたのである。

もう夕方に近くなつてゐた。客車の電燈がつかないのではうすぐらい。外へ出ても夜闇に近く、懷中電燈が明るく光る。乗客は全部で四十人位となつた。三等車の方には滿人が二十人餘りで他に子供が二人ゐる、二等車は皆で十三人、そのうち滿人が一人、女が三人、その二人が赤兒をつれてゐる。その女のうちの一人は古北口から承德の病院へ幼兒をつれてゆくといふのである。その赤兒が泣き叫んで氣の毒であるから、乗客がみな同情する。

乗客はみな不平だが仕方ない。その女客だけが大へん心配してゐる。古北口へはあと一時もあればよいのだから、逆行してもわけない。驛といつても驛員も警備兵もゐない山中で、母親は子供を案じてゐねばならない。あまり泣き止まないので子供は保線員宿舍へつれてゆくこととした。さうして女たちはそこへゆく。少しづゝ涼しくなつて、外はもうやゝ寒い。車掌がきて蠟燭の火をくばつて歩きついでに客車のカーテンを下してゆく。カーテンを下すと少し暑くなつた。すつかり夜になつて了つた。空腹になるので、昨夜北京で買つてきた菓子や果物を食つてゐる。水筒にはまだ水も殘つてゐる。北京での冗談が眞實となつたわけである。近在の農夫らしいのがゆで玉子をうりにきた。いくらかといへば十錢で五箇だといふ。暖くてうまい。しかし汽車は蠟燭の火にカーテンを下したまゝである。一體いつになつたらこゝを離れるかもわからない。我々の汽車には機關車もない。古北口へ歸れるとの話が、こんな山中に放棄されたのである。さつききてくれた兵隊は現場にのこつてゐて、こゝには警乗兵二人きりである。尤もこのあたり沿線は治安はよくて匪賊は出ないといふことだ。しかし何分にも熱河の山中、匪賊は出ないといつても、山の向う何里の治安は絕對危險だし、しかも開通間なしの線路のことである、乗客は假運轉は承知の上であるが、少し不平を感じる。しかし乗務員や警乗兵はなか〳〵叮嚀である。乗客は仕方ないので大てい座席で寢てゐる。私も亦ねてゐる。九時半頃に警乗兵の人がきてくれて今古北口から焚出しを送つたとの電話があつたと傳へてくれる。それをきゝつゝまた少し睡る。十時半にレールカーが到着して焚出しがくばられる。暖いお握りが二つ、梅干二つに澤庵二切で、これで夕食は大丈夫である。それを食つてゐると、さつきの病氣の子供をつれたおかみさんが自動車で承德へ出るのだが、誰か同行してくれる人はないかとき、廻る人がある。自動車は丁度古北口から承德へゆく幸便だといふのである。もう深夜でむかうへつけば二時頃になるだらう。勿論同行を進んで承諾する者もない。

すんだ月がかすかに光つてゐる。列車は南北線に沿つて止つてゐる。その西空の山の上にうすい月がかゝつてゐる。物音もせぬ山中である。大して不安も感じないし、むしろさつきの脫線のときを考へる方が、あとから考へても怖ろしい。よく無事に助かつたものだつた。この靜かな熱河の山中で、焚出しを配給されて一夜を明すやうな經驗は、生涯に再びとないだらう。私は事變の土地に旅して、極めて平安の行程を終へ、歸りに初めて事變の中の雰圍氣に似たものを味つた。すべて無意味のことでもない。一時も一度も、前途の遠さを思ひわづらつては、出てきたことやこれからゆくさきの遠さを嘆じたことのない旅であつたのは、一つには私の健康にもよるだらう、しかしそれよりもむしろ大きい力が天地にみなぎつてゐる世界の中にゐる自分を、ねてもさめても無意識に意識してゐたからであらう。

眠つてゐる間に列車は動き出した。機關車が歸つてきたのである。我々はみな安堵した。列車は動き出して現場の方へひき返す、もう復舊したといつてゐる。間もなく復舊すると も云つてゐる。半分眠りながらきいてゐるのである。時刻は十一時過ぎだつた。しかし現場へひき返してもなかなか開通してゐない。私はやはり眠つたまゝである。どか〳〵と人ののり込むのも物音としてきいただけである。それから何時間かした。大きい音響がして動搖がした。ふと眼ざめるとその時にやうやく開通したらしい。時計は二時過だつた。脱線から八時間にして漸く列車は通じた。氣味わるい動搖とその音はもとのまゝだつた。しかし幸ひにも昨日來の疲れのため、私はよく眠れた。起きてゐたならやりきれぬことと思はれた。汽車は高原に入つてゆく。歩くやうに遲々としてゐるが、さつきの解體するやうな音はなほしきりにするのである。まことに幸ひに私はよく睡つてゐる。夜明の冷凉のため時々めざめては、そのまゝ又ねむつて了ふ。ふと眼をさますと美しい高原の川のほとりを走つてゐた。雲が美しく水は淸く、朝明けの高原の冷氣が身にしみ入る。眠るには惜しい沿線の風景と思ひつゝ、やはり眠りつゞける。大へん疲れてゐるのだらう。承德へついたのは七時半ごろだつた。私はその七時迄ねむり込んでゐた。初めて來る土地だのに、何かしら無事に歸つてきたやうな感じのするのもをかしい。驛に降り立つて馬車を呼ぶと砂煙をあげて驅けよる。承德の町は驛より少し北西の方にある。とりあへず北京で佐藤氏と約束しておいた宿までゆくと、門に犬が二匹ゐて吠えたてた。私が犬は嫌ひなので、別の宿にかへて梅屋といふのにした。朝はまだ早いつもりだが、もう町中は活動してゐる。朝食のお粥をうつてゐる店などがあつて、なか〳〵活氣がある。豫定が忙しいので、その日のうちに承德を見物することにした。九日大連から船にのる約束ゆゑ、豫定を勘定すると、疲れを休める暇もない。しかし昨夜はなかなかに眠つたので、けふは大して疲れもしてゐない。宿について朝食を攝ると直ちに喇嘛廟の見物にゆくことにした。

熱河

承徳は熱河省の首都である。熱河建設を語る近世史は漢人の生活力を示す一例と云はれてゐる。旅人は熱河にゆき、今なら皇軍の拓いた交通路を踏破して、その沿線農耕の狀態に奇異を思ふだらう。その放置された土地と、集團的に開墾された土地との狀態こそ、漢人の根強い生活力の歩みを示す證據である。燕國以來遼金の根據地となつた塞外の祕境は、遊牧の民蒙古人の長く占居するところであつた。彼等は滿人に所屬したまゝ、大清帝國領に編入せられたのである。祕境の歴史は大清に於て依然としてゐた。しかし康熙帝の塞外巡幸の結果、墾耕を諭し農民を招致されてから、熱河は僅か數十年にして農耕地と化した。のみならずこゝは遼金時代よりの多數の埋藏物を藏してゐたといはれてゐる。これらもすべて遊牧の蒙古人の手から、そのまゝに漢人にうけつがれた。河北山東の出稼人たちはこの祕境の寶庫をひらいて、こゝに農耕を始め、こゝに定住しつゝある間に、今日熱河の上層階級と化して了つてゐる。清朝が漢人の入境開墾を禁じたことも漢人の生活力のまへに無力だつた。忽ち漢人は熱河の原住民を追放した。それは京包沿線の蒙疆地帶に於ける漢人の蒙古人追放と揆を一つにしてゐる。

漢人は樹木を伐採しつゝ進んだ、そのために樹海をなしてゐた祕境は忽ち禿山となり、風雨に依つて土壤は洗ひ流され、山骨は露出して地表は逐年惡化して了つた。その荒廢の上を漢民は山東より河北より移住した。この植民過程には、支那人のもつ力と根性の象徴がある、淸朝の禁令もこの漢人の生活力の進軍を防ぎ得なかつた。未開の蒙古人は、土地の荒廢と變形と發掘とを伴つてくる、文明の野蠻に敵し得なかつた。文化施設の復興の如き大陸に於て問題でない、樹海をなした熱河を禿山とした漢人のあとを、その熱河を復舊するには數百年を要して不可能であらう。荒廢を伴として漢人は自己の生活を確立して了つたのである。

承德は古來塞外の樞要地である。陰山山脈の險阻に圍繞せられ、武烈河は南下して僅々一里の所で熱河と合する。熱河を流れに乘ずれば二日にして河北省灤州に達する。北京への距離は陸路五日を要しなかつた。更にこゝは北部蒙古に通ずる要衝である。熱河とは、この武烈河である。熱河の名は離宮の名に冠せられて忽ち内外に喧傳せられた。卽ち英主乾隆帝の御世に、熱河の文物典禮は燦然とかゞやき、内外の詩人畫人の稱揚するところとなつたのである。有名な帝の木蘭圍場の巻狩に從ふ者もまた此所に集つた、やがて山莊以外に商舖街をも出現したのである。

しかし熱河の山莊や寺廟を建立した康熙、乾隆帝の意企には多分に蒙古に對する掣馭と懷柔の心があつたといはれてゐる。卽ちこの滿洲の故地に接した天險の地に内蒙諸部及滿洲の子弟を糾合して、漢民族に對抗することは、なほ中原を退いた日にも可能だつたからであらう。それゆゑ清朝が滅亡に瀕したとき、退位の御前會議にのぞんでなほ、宣統帝を擁して熱河の天險により革命軍を邀撃せんとのべたのは、これら內藩蒙古の王公たちであつた。

民國になると共に熱河は蕪らされた。民國官吏は滿人の反對をけつて離宮に入つた。かの湯玉麟は張作霖が北京に出たとき、その幕僚なる闞朝璽と宋哲元の間の紛爭に乘じてこゝの省長となつたのである。湯玉麟がこゝにゐて榮華を極めた話は有名である。寶物を持ち出し樹木を燒きつくした後は、壯大の建物を冬の燃料とした。紙幣を發行し人民を誅求しつくした。又政府の禁令にかゝはらず、阿片の栽培を行ひ、離宮內に阿片工場を設け、一方阿片禁煙令による罰金によつて歲費の過半を得たといはれてゐる。阿片は熱河の特產であつた。近くは熱河は京津よりくる阿片商人によつてたつ町でもあつた。そこにこの町の特色もあり、賣笑の女の多いといふやうなことはこの消費都市のその意味を表してゐる。滿洲國の建國されるや湯玉麟も一度これに加はつたが、その變節後承德は反滿抗日の策源地となつた。しかし昭和八年早春、皇軍の熱河策戰が進捗し、三月川原挺身隊が長驅承德に入城するや、湯玉麟は兵火を交へずに逃亡したのである。承德はこゝに於て熱河策戰の中心地となり、日系の機關は忽ち增加して、久しく本邦人の居住を許されなかつた地に日本人の洪水を出現した。現在內地人は三千以上と云つてゐる。事變が一段落したのち殘つてゐるものは、官公吏及び會社員を主として接客の婦女子たちである。熱河承德は氣候溫暖である。康熙帝が康熙十六年に初めてこゝに行幸されてより開かれ、その山莊は四十二年に始められたのである。避暑山莊の名は、その離宮に附せられた。こゝに行宮中に木蘭圍場の有名な巻狩を行はせられるのが例であつた。北京に朝覲し得ない蒙古王公や諸侯はその時こゝに參觀したのであつた、その風は康熙帝に始り、雍正帝に於て一時すたれたが、次の乾隆帝に至つてさらに盛大に復活された。大清帝國の最盛時こゝに開かれた饗宴はおそらく支那史に於ける饗宴の最大規模のものの一と考へられる。乾隆帝はこゝ熱河の獅子園に生誕せられたのである。生誕の地をなつかしまれて、承德に經營された大建築の遺址は、恐らく近世世界のもつ大綜合藝術の首位のものであらう。乾隆帝と申す御方が、近世の大偉人であつたことはその片鱗を以て、推察されるのである。

避暑山莊は康熙帝によつて創められたのであるが、それの完成したのは乾隆帝によつてである。殊に山莊の美觀を決定し、その規模を確立したものは寺廟の建立であつた。絢爛な乾隆帝によつて熱河離宮の規模結構は完成されたのである。康熙帝の時代には、開仁寺が人民の寄進によつて開かれたのと、蒙古內藩が帝六十の賀に建立した溥仁、溥善の二寺の三つあつたにすぎなかつたが、乾隆帝の世になつて、山莊のうちに永佑寺と九重塔が建てられたのを初めに、あるひは慶賀のため、あるひは蒙藏名僧の來朝の度に、または新降諸藩の記念のために、と事ある度に建てられたもの、寺觀九座を始めとし、郊外獅子溝一帶に十一の喇嘛廟がその莊觀を誇示したのである。時代は清朝の領土の最も擴大されたときである。この雄大な建造物は政治的意味に於ても、入貢諸藩に對する一つの示威であり、懐柔であつた。次の嘉慶帝の世には行幸が絶えたが、たゞ一度千八百六十年英佛聯合軍が北京を攻略したとき帝はこゝに蒙塵され、翌年こゝで崩ぜられたのである。それより同治、光緒、宣統と三代五十年間熱河は不在の都として放棄せられた。美麗の殿閣は朽頽し、荘嚴の寺院も荒廢して、あるものはいたましい廢墟となつた。貯存の寶物も總て逸散して残らない。

僅々六七十年間に、このやうに荒廢したことは驚くべきものがある。周圍十六支里と稱される山荘の白壁は變りないが、有名な九重の舎利塔の近所には今何かの工場が立つてゐる如き、かつての離宮内の現状である。今離宮内は僅に如意湖を中心にした一部分しか拜觀を許してゐないから、その全貌を見ることは出來なかつたが、この最も和やかに美しい池のあたりのながめもその荒廢によつて一そう趣きを深めてゐるのである。乾隆御筆になる熱河源泉の碑のあるところである。かの永佑寺はすでに廢滅してゐる。その山荘の廣大な地域の要所をみたててつくられた、堂宇や建物の配置の美しさには眼でふれるすべもなかつたが、如意湖の西岸より城壁ごしに黒洞山の山つゞきのみえるながめの和かな風格には、われらになつかしいものがあつた。勤政殿を中心にした一群の帝の日常に使用された建物は簡素といひたい程であるが、北京や萬壽山と比較にならぬ氣宇にみちてゐて、まこと王者の風にふかいものであつた。あの絢爛の乾隆趣味の背後にこの趣きあつて始めて乾隆帝の精神も望まれるといふべきであらう。北京や萬壽山で失望した私はこゝで始めて滿足を感じたのである。それは萬壽山の豪華の底にあるかなしい簡素でない、こゝにあるものはまことに王者のもつ簡素であつた。乾隆趣味、おそらくそれが今日でもなほ今日の支那文化の現状の大部分であるが、それを北京に於て驚くことはあつても感ずることは絶無であつた。絶對價値に於て怖れることはたえてなかつた。こゝに來て私は始めて、乾隆帝の王者の風格を味つた。さすがに西太后には王者のなすべき趣味がなかつた。熱河に於て私は王者のなしうる生活を一見した思ひである。萬壽山はつねに人にもきゝ、驚くべき作物と教へられてゐたゆゑに、それへの失望に笑止ささへ感じた位であつた。萬壽山は兒戲の集成である。それは萬壽山に於て感じたなつかしい感想であつた。今熱河にきて、それが熱河の結構を模倣した兒戲であることが了解された。規模構成に於て萬壽山のはるかに偉大なお手本が、喇嘛廟をふくめた熱河山莊の全構成である。その藝術的感覺を一事で比較すれば、萬壽山にある西太后のたくさんの眞筆と、熱河にある乾隆御筆を以て比較するだけで充分である。私は嘗て見も知らぬ萬壽山を語つて音にきくと云ひたいやうなとかいたことがあつた。その時日本の我らにとつてさへ、熱河離宮の近代建築物としての意味は未聞であつた。こゝに作られてゐる近代建築は、その造園法に於て、建築術に於て、自然利用の審美學に於て、その複雜多岐は驚くべき成功に達してゐる。それは都市計畫でない、一つの藝術の構成に於て、さらに地形應用の繪畫的要素にまで成功し、建築の配置の音樂的方法に於て更に成功してゐる。そんなとき繪畫的とか音樂的とかいふ云ひ方は、まことに時代ばなれのしたなさけない云ひ方である。その包藏してゐる美的要素は實に多彩で、日本の家に近似の感覺があり、日本の造園に類似の庭があり、又一方では紅毛諸蕃の審美感に成立する建造を包括するのである。その上にこゝを彩る廣大な廢墟の感じは、現代の審美觀に一層深くせまつてくるものである。この透明に晴れた空の下で、最もはげしい人工の作物が、一番はげしい進行形で自然の材料にかへり、土に化さうとしてゐるさまは、我々の感傷に一しほふかくふれるものがあるからであらう。

私が山莊に行つた時は鹿が庭内を歩いてゐた。それはその昔黑龍江將軍の獻じたものの子孫であると稱するのである。文津閣は今は火藥庫になつてゐるとか、いふまでもなく四庫の一つであつたものである。この山莊内には皇帝が牧馬を親閱される場所があつた、野宴の廣場もあつた、御獵場もあつた、舟遊のあとは畫舫をつないだ石がその俤を敎へてゐる。諸臣を引見された殿堂や、饗宴の廣間も荒廢しつゝ殘つてゐる。しかし廣大な山地の所々に無數の殿堂佛寺が散在してゐた古の華麗な又趣深いさまはすでに見られない。今はたゞ荒廢が、人工の無理を救つてゐる。その救ひはしかも喇嘛廟の方に於て一そうに極つてゐるのである。山莊内にある廣元宮は、もと乾隆帝が泰山に模して作られたものであるとか、こゝより見る喇嘛廟の大觀が、無比であるといはれてゐる。山莊舊存の寶物の若干は北京に於て拜觀した。今山莊内の博物館には熱河の土民が國民政府の奪略を怖れて隱匿しておいたといふ、文廟の銅器を藏してゐる。形も色も二つなき寶である。

北京の萬壽山に於て、私はたゞ西太后の趣味を樂しく思つた。最もつゝましい女子が許されたときの放埒の限りを見る思ひがした。その萬壽山に於て少なからず驚いたあの殿堂の配置法と、階段の石崖の構成もそつくりの手本がこゝ熱河に現存してゐることは知らなかつたのである。近世藝術の雄といふべきものの一なる乾隆式を知るものはこの山荘に於て乾隆精神にふれるべきであらう。支那といふもののあらはす多くの概念が、唐や宋の審美觀でなく、主として乾隆式である今日の日に、私は承徳に於て持つことを得た少しの時間を極めて有意義に思つたのである。熱河は依然としてわれらにとつて祕境であつた。この祕境は古典の問題でなく近代藝術の問題であり、さらに現代の應用問題である。しかもそれでゐて、こゝはいたましい廢墟とすでになつてゐるのである。私の訪れた日も喇嘛寺の測量をしてゐる技師があつた。滿洲國はその建國多忙の日にもかゝはらずこゝを再建しようとする由である。しかしすでに多くは修理が困難な迄に荒廢し、或るものは址を止めるにすぎず、又あるものは僅かに石垣や土臺を殘すのみである。

寺院も荒廢したが、僧侶も貧困してゐる。省公署ではその僧侶の生活補助の若干の給與をしてゐると云ふことである。かゝる華麗絢爛の造營が、僅々百歳の月日に滿たないうちに、このいたましい廢墟となることは、故都の慶州や扶餘では思はれない感想を味はせるのである。それらと全く異る興趣に耐へないことでもあつた。戰爭の影響も革命の結果も、かゝる文化文物の荒廢を平氣で放任する地と人との間に於ては、さして慮る必要がないとさへ私は感じるのであつた。それは土中に埋れた文化よりいたましい破壞である。砲撃のあとよりはかない。漢人たちはその殖民の第一歩に、綠樹の海を忽ちにあかつちの禿山として進んでゆく民族であつた。その日常生活の爲に熱河の大造營をたきぎとした民族である。しかし私はこんな大仰な感想から承徳を見物したのでなかつた。武烈河に沿つて車を進ませると川向ひの山腹に普樂寺や安遠寺の大きい美しい建物がみえる。この雄大な風景の中の寺院はまづ私の眼を娯しませてくれたのであつた。溥仁寺溥善寺は普樂寺の下にある。さらに河に沿つて東に行き、山荘の城壁のはづれのところで川を渡る。このあたりで武烈河は南からきて西に曲り、獅子園の方からくる支流は武烈河に合するのである。卽ち山荘の東南の山腹に、川を前にして建てならべられたのが所謂八大處三箇寺の景觀である。地は山間のかひ地にか丶はらず、風景は實に雄大と云ふべきものがあつて、山と川と川原を巧みにとりいれ、川に各々の趣好による橋をかけ、山荘の山と寺處の山、その中間の砂原の川邊を利用し、組合せた巧みさは驚くべきものがある。地をこ丶に相してこの大建築を始めた天才は、山荘內に王者の風格と氣宇を描き、この外輪山に於ては實に絢爛豪華な乾隆式を思ふ存分に振舞つてゐるものである。しかもその絢爛がすでに早くまことに何よりも早く色はあせ、形のくづれつ丶あるさまは、又別樣の趣きを描き出したものである。北は獅子園から南の廣緣寺に至る數十支里の獅子溝に竝ぶ寺廟のさまは、廢墟といひつ丶もなほかつあざやかに殘つたさまざまの色彩の多樣さと樣式の多種の複雜さによつて、驚嘆すべき綜合藝術の偉觀である。これはすべての人々にとつてそれを見たことを欣びとするものの一つであらう。北京の故宮の美しさはいはゞ均整の美しさであつたが、こ丶は多樣で、ロマンチツクで、さうしてヱキゾチツクで且つ近代である。この美しさと、山荘を含めた規模結構に加へられた自然の利用方法の巧みさは、萬壽山など比べがたいものといふべきである。山のまへの建物は、山の形を支配し、山の形は建物を變樣してゐる。しかも青や赤や黄や褐色の色はすでにうらさびつゝ、それでゐてなほ、空の美しさに映じた色彩の鮮明さは無限である。私の訪れた日は幸ひ武烈河にも水の多い日であつた。その水の色も美しい。何のあとも殘さない寺院の土臺石やくづれはてて煉瓦のみを殘してゐる殿堂址も、まことに趣のふかいものである。

寺は南より廣緣寺、普佑寺、普寧寺、須彌福壽廟、普陀宗乘廟、殊像寺、廣安寺跡、羅漢堂とならんでゐる。羅漢堂の五百八羅漢は今普佑寺に移されてゐる。堂宇は傾斜し雨漏りがはげしいためだといふ。廣安寺址はもと白堊の西藏式大寺があつた址で今は僅かに土臺石が殘るのみである。殊像寺には三丈餘の巨大な文殊菩薩がある。滿人は卽ち乾隆帝御像と云ふなか〳〵美事な作である。普陀宗乘廟の紅臺はこのあたりの中心的建造物である、城郭の如きこの建物の高さは三百尺方五百尺といふ。この宗乘廟を建てるについては、乾隆三十二年三月起工し同三十六年八月に完成されたのである。堂宇の瓦は鍍金であり、大きさからも最大なものであつたが、今は荒廢に委ねられ、既に倒れた殿堂も少くない。福壽廟には鍍金された銅板瓦が使用されてゐる。それは大きい優遇であつて、山莊さへ黃琉璃瓦であり故宮も同じであつた。この廟內後方にある琉璃製の六重塔はよい出來のものであつた。宗乘廟とこの二寺は最も大きい寺であり、同時に熱河景觀の中心をなしてゐる。普寧寺には七丈二尺の大佛を奉安してゐて、一に大佛寺の名がある。大佛の方は完全だが伽藍は殆んど崩壞せんとしてゐるといはれてゐる。

乾隆帝の生誕されたといふ獅子園へも行つてみた。園の周圍は七里と稱せられてゐる、今は殿堂すべて崩壊し、地形にさへ記憶とゞめない。土民が現れその古の規模のあとを地上に描いて話してくれたのみであつた。一帯にあれはてて、赤土の中に細く、車のゆくみちが通つてゐる、畑の間々に石壇のあとのやうなものの残る他は、たゞ雑草が生ひしげつてゐるのみであつた。

滿洲の風物

朝鮮でも北と南とでは風景の感覺が異つてゐる。高麗の故都開城は、藁屋根ばかりの町であるが、北へ進んで平壤をこえてさらに北上する。そこはもう高句麗の故地である。それが建物の樣子がだん〳〵と日本のそれに外觀の一望が類似してくるのは面白い。朝鮮もなか〳〵に風景明媚の類に屬してゐる。その明媚さも日本に似てゐる。しかし新義州を安東へ、鴨綠江を越すとやはり風景が一變する。安東で澤山の日本人の乘降するのは、何か、安東の方の日本色を感じさせるけれど、これは我らの國境概念で割引された觀念が眼に新しいからであらう。つねに古戰場に思ひをひかれる今日の日の旅人にはそれだけの反省の餘裕がすでにあるらしい。

奉天への途中にある橋頭といふ驛は、美しい風景のところであつた。その美しさにひかれて何心なく驛の近くを歩いてきたのだが、こゝは三十七年戰役に、七月中旬より八月下旬にかけて第十二師團が激戰した地であつた。日露戰史を按ずるとき、まことに彼我今日と事情の異るものがあらうけれど、支那大陸の現實で感じられる今日の皇軍の精神力が三十年のまへに比して少しの遜色もなく勝るとさへ思はれるもののあるのは力強いことである。

滿洲にわが大陸經營を着手してより既に四十數年、日露戰役の終結より數へて三十四年の成果のあとを思ひ、黃色旗の飜つてゐる滿洲をゆく事は、わけて大陸に征戰を進めてゐる今日の日に感激深かつた。往路に通つた朝鮮でも、今度の事變によつて朝鮮人の間に日本精神の勃然と興起したさまは驚くべきものがあるといはれてゐたが、十年の征韓論よりのいきさつを考へるとき、まことにこれも感慨無量の一つであらう。

滿洲をゆくとき、私はさういふ長い月日とそのために獻げられた生命への感謝と哀愁にうたれた。それは有爲な人々がなした獻身の結果である。しかも有爲とはかかる獻身を意味するのであらう。三十年四十年の成果の地をゆくことは無意味でない。蔣介石がその統一の精神運動――やはりそれも理想主義と私は云ひたい――のテーゼとした排日抗日のスローガンに對し、日本の知性が正直な良心的な日支親善論の一みちでゆかうとすることは、これらの歷史を見ても速成主義である。

日本の自由主義者たちのやさしいセンチメンタルは、果して獻身的な愛情の極致を以てなされた立言であらうか。なつかしくもかよわい日支親善論は支那のインテリゲンチヤの笑話にすぎなかつた。氣のむいたときには下男とでも握手するやうな日本人の同情心は、支那人にわからぬのだ。などと我らの知人は、北京の酒店で慷慨したといへば大仰にきこえるやうに談じたものである。

日支文化提携などのお題目を唱へて、まさに征戰中の支那大陸にゆく文化人など私は不必要と思ふ。文化工作などの題案を作つて、われらの若者が獻身の行爲をしてゐる土地に行き、文化工事の必要などを云々してゐる輩は抹殺してよいと思ふ。戰火をさまらず、幽鬼さまよふ曠野に、何の文化工作であらうか。それゆゑにこそと强語する文化工作の必要論など私は百も承知してゐる。文化人の特權意識で、被征服地でお山の大將式な知識業をうり出すことを私は嫌ふのである。日支文化提携論など空語である、もし新しい文化と倫理が生れるなら、すでに頽廢した日本の舊式知識の關與すべきところからでない、老朽した大學教授――日本の教授はプロヘツサーでなくほゞすべてが學問的官僚である――から、新しい大陸を一丸とする文化の倫理は生れ出ない。その新しい文化の倫理は、恐らく今日獻身の行爲を行つてゐる、我々の若い勇士達のもつ心情から形成され組織さるべきものだからである。戰爭は君らで勝つてくれ、まかせる、あとの文化工作は我らがしよう、などといつて、いかさま已の知識人的老朽教養をうりものにしてゐる輩は日本内地に少くない。その大きい冒瀆が何者の名によつて、今日の日本で許されてゐるか。今日の戰爭は精神史の意味でさういふものでない、販賣の先棒でなくして精神史の變革を意味してゐるのだ。一切の舊式な知識人と、老朽した學校官吏に、今日の聖業のつくりだした位置と職場を與へてはならない。さうして今日の良心ある知識人が偏土の大陸に旅するなら、我らの知識と文化と倫理を變革しつゝある、新しい若者の倫理の芽を、――それはまだシステムに組織されてゐない、又彼らにも理論的には意識されてゐない、たゞ雄大な過去を變革する雰圍氣としてあるものにすぎない――その現實を感受してくるがよい。ゆめ已の理論的思考のシステムの語彙によつて、この雄大の現實を押し込めようと計つてはならぬのである。滿韓をゆくものは、その三十年四十年のあとの遲々と進んだ成果に驚くがよい。さうすれば大陸の文化視察の眼目も文化工作に已の役割を求め示す暇もなく、大陸にある若者のもつ現實とその感覺、心理、倫理に近づく努力だけでせい一杯であらう。舊來の知識が、この若者を支配し地ならしし、又は指導しうると思ふのは大きい思ひ上りである。生命の行爲で描かれた文化論は、まだ表現をもつてゐないであらう。

支那の知識人を集め、日本の學校官吏と會議させて、文化工作を日支親善的に行はうというふやうな荒唐無稽の立案が行はれてゐる。日本の知識人の倫理を變革せねばならぬやうに、それ以上に支那の知識は變革されねばならない。私は日本人の會議制がつくり出す、いぢらしい良心的センチメンタルを怖れるのである。彼等が又も大陸において、政治が必要とする方法を方法として理解するまへに、良心的センチメンタリズムに陷ることをおそれるのである。

戰爭以來の鮮內の動向をおぼろにきゝかじつて、滿洲に入つた私は、北支蒙古よりの歸來その感に深いものがあつた。行く行く日露の古戰場を通り、今の蘇滿國境の事情をきゝつゝ、雜多に混亂した感慨にうたれたのである。今日の立案である文化工作組織が一つの對外宣傳にすぎないことを私は希望するのである。その有名無力を承認の上で、その時私は一人の日本人の思想家、詩人、藝術家がまだ登場しないことを殘念と思ふ。今ごろの文化工作はその根元に於て、現地の若者（兵士である）の現實の倫理から遊離した遺物によつてなされてゐる、それは今日の若者（現地の兵士である）にねざしてゐる新しい倫理を無視した精神によつてなされてゐる。——韓滿の工作は今日までにすでに四十年を要したのである。私はこれを銘記してさらに云ふのである。今日の對支文化工作の指導を、かつて失敗した教育者たち（最近までの日本の大學の教育を考へよ）に委ねることと、一度敗北してその無能を暴露した思想業者たち（最近迄の日本の大學の影響力を考へよ）に委ねてよいであらうか。

今日、日本の若い倫理は、われらの若者の兵士によつてその理念の尖鋭な表現を行爲されてゐるのである。それは日本の一切の舊い教養を誤謬とし、教育も、知識も、考へ方も、感じ方もすべてを變革するために行はれてゐる。日本の今日は、精神史的に未曾有の變革に當面したのである。その時何故に支那の知識人たちの舊教養による文化の倫理に迎合する以外に方策をもたない文化工作の立案者に國民は贊成せねばならないのか。日本の舊い擬似知識文化人の抹殺を行爲した日本の今日の若い精神が、何故支那の同一物を抹殺してはならないのだらうか。文化工作とは精神の消極化であるか。

支那と蒙古への行きかへりに、滿洲の野を通つた私は、北京で行はれてゐる文化工作に大きい疑問を感じ、さらに東京で會議されて居るそれに不安を感じたのである。滿洲は奉天から先はつひにゆかなかつた。今日の滿洲へは黃土の砂塵が日々に侵入し、それを防ぐために植林を試みてゐるよしである。さういふ比喩的な話は、滿洲できいて感興を味つた。

北京から熱河に出て、省公署にS氏を訪ね、熱河地方の事變についての風說の若干をきいた。それは一般におちついてゐるといふ話であつた。もう滿洲では、その住民の生活力と倫理を誤認することがない。しかし支那に於て支那人の生活力と倫理を誤解すれば問題である。今日の支那人はその文化の理念に於て、古典支那人でないからである。今日の北京には、物さびた傳說の故都としての恐怖の風格はなく、故宮や萬壽山にも、古典と藝術の何一つさへ殘さない。倫理の一片の殘存さへない。唐宋の古典支那は思ふすべさへなく、むしろ奉天で我らは支那の少しの遺物をながめたのである。熱河の構成を見れば萬壽山は下手な複製にすぎない。

熱河は日あさいところである、そこでは今度の事變の頃に、日本では輸血用の血液が必要となつたので、それをとるために滿人の子供を集めてゐるといふ風說が立つて、子供をかくしたといふ話をきいた。色々に興味ふかい話である。その熱河を開拓した漢人たちは、ほゞ百年程の間に、洪水と荒廢を以て先住の蒙古人を山地の向うに追放したのである。彼らは山容改るまでに濫伐し、濫伐の結果の洪水と土地の荒廢變形によつて素樸人を追つた。さういふ嚴しい殖民方法に對抗する日本の日支親善論は內地できかないのである。駐蒙軍のイデオロギーがどんな變貌をしてゐるものかは、我らなか〱に知らないことだが、北京で感じなかつた新しい倫理の生かし方を私はそこで感じたことは感謝に耐へなかつた。

滿洲に於ける着々とした進捗は、まづ蒙疆の裝備に拍車をかけるのである。今なほ征戰に寧日ないさまにみえる駐蒙軍の日常にもかゝはらず、蒙疆の方は隔離された形勢で、效果が擧つてゐる。その蒙疆地方での所見は、北京に多い背廣の如きは見るすべもなく、すべて協和會服づくりで統一されてゐることであつた。それは蒙疆地方が、日本の工作に特殊地帶であることを示すとともに、同時に工作の進捗をも示すものと思はれたのである。熱河に於ける急速な成功は、そのまゝ北京より北へ通つて、北京熱河線の事變的要素さへ無にした程である。熱河の町では小さい滿人の小學生が、巧みな日本語で各町の説明をしてくれた。

私は熱河から奉天に出て、旅順大連に出た。その間は初めの同行の佐藤雨氏と離れて一人であつた。こゝで私の見て來た滿洲の風物として語りうるものは、熱河の景觀、奉天の北大營、同善堂、それに旅順と奉天の二つの博物館、旅順の古戰場、それ位の狹い範圍である。しかし博物館の見物記もすでに今の心にはものさびたことであらう。旅順の近く營城子の漢代壁畫も見なかつたから、その寫眞をなつかしむばかりである。それ故に風物を語る筈で、つまらぬ閑話を弄したのは、まことに恥しい。大連の町は美しい近代を思はせるところもあつたが、多くつまらなかつた。西崗子の小屋がけの見世物に、太鼓の音をきいて歩いたのもただ北京の日を思つてなつかしかつたからであらう。この町は鐵と埃の匂ひのするだけの殖民地都市である。

それに比べると奉天は、さすがにおちついたよい町である。日本人居留地街、卽ちもとの附屬地はやはり鐵粉のやうな匂ひだが、古い城内のすえた匂ひは北京とも綏遠とも異つてゐる。この舊都は熱河より古い、しかし熱河の承德に見たやうな、明るい光のもとに明るい色彩を保ちつゝ立ちくされてゆくあの廢址のわびしい宿運はなかつた。それでも故宮は荒れて雜草がのびしげつてゐた。崩れた北塔の歡喜佛をみたり、北陵に詣でたりした。

同善堂は世界的にめづらしい設備といはれてゐる。生活費の安價な滿洲だから、經營も易しいであらう。庭のあちこちにねそべつたり、立ひざをして默つてゐるのは滿人のよるべない老人や、乞食、不具の人々で、彼らはたゞ煙草錢の欲しいときに働けばよいといふことである。同善堂の事業の一々を記憶にとめて歸つた中で、捨兒臺の設けなどよく出來てゐるだけに、何か殘忍な設備とも思はれた。しかしそこで成長した少女たちが、看護婦となつて今度は捨てられた嬰兒の守りをしてゐるのは、あはれにたのしかつた。門口の掲示場に出てゐる少女たちの寫眞は、私の行つた日は二枚あつたが、こゝで成長した少女のうち結婚を希望するもののための設備で、その結婚の相手は有力の商家の保證する青年といふことである。堂内で大きくなつた少年には授職場もある。しかし一般に堂前には異臭があつて、不潔な氣がした。老人たちの部屋のきたなくよごれた壁に、美人の裸體寫眞の新聞切拔がはつてあつた。娼家を逃げた女の收容所と共に、家庭を逃げた婦人をあづかる設備のあることもよく出來てゐるが、良家の子女や夫人にして名を祕して產まねばならぬ兒を、產ませてくれる設備に到つては萬全であらう。同善堂は淸朝の名將左寶貴の設立である。寶貴は日淸戰爭平壤の戰ひに孤軍奮戰し、つひには將軍自ら砲を操つて戰つたが、彈丸に咽喉を貫かれて六十一歲を以て薨じた。

奉天の居留地は夜のおそくまで馬車の音がかんだたしくひゞき、さうざうしい町であつた。北大營の戰蹟をとふことは勿論のこと、一つの豫定である。その兵營に兵士が住まず、こはれたまゝの兵舍がならんである。若干の兵がゐる由で、少數の兵隊が訓練の最中であつた。滿洲國の兵隊は少年團のやうに可憐な風采をしてゐた。北大營の事變の翌年の夏私は半島にゆき、鴨綠江をわたらうと思つて出來なかつたことがあつた。當時私の近親のものは、ある任務を負うてその地にゐた。京城の兵舍でそのころきいた治安事情の話などを思つて今に比べると激しい感慨が感じられた。私は又も、戰役後の文化工作など、遲くてもよいと思つたのである。我々の國の現狀は、征戰地の民衆の動向を觀察する必要はあつても、北京の町の遊民にすぎない若干のインテリの意見などきく必要がないのである。日本のインテリゲンチヤさへ、國家の動向に對する意見に參加する資格は、今も後もないやうに思はれるからである。私はそれを嘆きはしない、その新しい倫理の信念を遂行するのも萬全にして公平のときは亦よいではないか。

奉天から山海關への沿線のあの荒凉としたさま、炎暑の候でもないのに土さへひゞわれてゐるのは異な眺めであつた。しかしそこには少しも暗いといふ感じはないのであつた。むしろ底ひのないやうな明るいもの、致命に似た怖れが人を放埒にみちびく。人間と風土との戰ひである。日本の大衆もこの放埒、大自然の放埒を經過する必要がある。滿人の農夫が日もまだ出ぬ畑を耕してゐるさまは、さういふ中で何かすさまじい。このやうな無限な戰ひの中で、人と人とが爭ひ、民族と民族とが角逐をくりかへし、大きい建造物を作つては僅かの期間にくづさせることなど、すべて〳〵宿運のまゝと思はれたりした。

そのさき奉天の忠靈塔に詣でたとき、白衣の勇士たちが二十名餘り同じく參拜するのに會つたことがある。それはどんな感嘆にうたれるものであらうか、私はそんなことを考へねばならなかつた。

旅——しかもあの動亂と建設が竝進してゐる大陸の旅の風物を語るためには、もう時季がおそい、月餘の經過は風物を説く感興をいちじるしく減少する。山海關への遠い列車にのつて、初めて大虎山をみたときの嬉しさや、錦縣で白衣の人々の列車とゆきちがつたときのことなども、もう遠いことのやうに思はれる。それは初めての經驗であつた。我々の車の將校が、ウヰスキーの瓶と菓子を、手をさし出して向うの兵士に與へてゐた。兵士の車にあふ度に何か胸つまる思ひがしたり、灤縣の美しい風景の中に日章旗のひるがへつてゐるのを胸のあたゝまる思ひでよろこんだことも、何か無限に遠いことのやうである。山海關を越すと交替する車掌の服裝の立派さに驚いたやうな話は、如何にものんびりした旅のみやげであらう。熱河から錦縣へ出るとき錦縣の手前でのりあはした三人づれの客が、偶然熱河の山中で生死の危險を共にした人の一行でお互に再びのめぐりあひを欣んだやうなことが、今もまつさきに思ひ出されるのだから、まことに私の旅は遊山の如くに意味ないことである。聞いた事變插話の數々はもう語るのにうんだ形である。何かさういふ形で諷されてゐるもの、その語りにくいものを語りたいこゝろで一杯であるが、さて、それを語れといはれゝば、向うへ行けばよいといふより能がない。

旅順へ行つた日は丁度招魂祭の日であつた。白玉山の納骨堂でそのお祭りがあつた。私も參拜者の一人として大國旗に署名する光榮をもつた。町は提燈をつり、國旗をかざつてゐた。港では模擬爆撃を行つた。白玉山表忠塔は立派な建築物である。さうして今ではこの表忠塔様式が、日本のモニユメンタルを代表してゐる。かういふ形式は今後變るだらうか。大連の町に比べて、旅順はしづかにおちついてゐる。ここは都會にする代りに日本の聖地とするといふ。新しく關東神社を官幣大社として奉祀するといふやうな話をきいた。大連の町が滿洲事變からのちに擴張した分のみでも恐ろしい勢ひである。旅大バス沿線には、新しい住宅やアパートが、數年にして一都會を作つた。それに比べて旅順へくれば又何としづかである。この聖地に旅人はすべて一木一草に頭さがる思ひであらう。旅順は精神の町として、精神文化の町とするがよいやうである。日本の大學の文科の制度を變更して、かういふ土地々々に講座を分散して設けるのもよい。東京に文化を綜合するとどうしてか大學教授が下手な三流政治家の集りみたいになる傾向がある。旅順の町は學問の町としてもよいやうだ。それは眼の前に、我らの民族の精神を教へてくれる。我らの大陸を教へてくれる。開拓會社用の技師養成所風な大學だけで大陸を放任することはいけないことである。日本の文化はまだ滿洲に入つてゐない。北支へ送るまへに滿洲へも送る必要がある。しかし日本の政治的指導者たちはさしあたり有用な文化技術以外は新大陸では不用と思つてゐる傾向がある。しかし今度の支那では無用のものにさへ地位を與へる程思ひ切つてゐる。大陸で大きくなつた日本人の子供たちは、農耕的勞働は賤民の仕事と思つてゐる。彼らは母國に歸つて祖父や伯父が畑うつのをみて大きい屈辱の念をいだくさうである。これは悲哀である。しかしあの大陸に自作農を送るといふことは、私は過勞を怖れる。我らはセンチメンタリズムを揚棄して、植民地經營を實施してはいけないだらうか。大陸を開墾することはせい〴〵成功しても支那人と同じ狀態である。それは私には同胞への感じから耐へなかつた。滿洲を拓いた漢人は、原住民の住み得ざる狀態に土形を變形し、そのために天然の暴威を利用し、先住者の地をうばつたのである。一般に人間は野獸と猛獸のまづ開いたみちから、彼らの住家にのりうつつた。歸りの船でたまたま知りあつたS氏は、もと兵庫の農民組合の書記長をしてゐたが今は神戶市會の議員であつた。S氏は牡丹江省あたりの農業移民地視察の歸途であつた。日本の土地問題が、內地的規模では解決し得ないといふことを、何故初めからきづかなかつたのか、などゝいふ話をした。私らも代々農家に近い。我々は質實な農であつた。希望はもち得ても、すでに接觸した、民族の間の摩擦のけはしい日に、單純のセンチメンタルで人間は生きられるだらうか、否われの民族は生きるだらうか。廣大な滿洲の野原に、日本の勢力は、恐ろしい勢ひで、大建築をあちこちに立ててゐる。なにもない野原の中央にぽつつりと建てられた巨大な建物の描く象徵は、どうしても自作農の設置とそりあはぬやうに思はれる。今は頹廢の時代でよいと私は年來考へる。又頹廢の時代である。さうして放縱の時代でよい。野原に勢ひよくうちたててゐる大建築のイメーヂは放縱である。私はその放縱の側に支持を感じる。その放縱に對して、相反するあのかなしくいぢらしい前ヒユマニズム風のセンチメンタルは無力である。

わが大陸の聖地に感じるものも精神の放縱なあらはれであつた。聖なるもののもつ放縱である。卑小のものの放縱でない、むしろ今日の殘存的修身には卑小のものの放縱が感じられる、しかしそれは今日放縱といはれてゐない。今日の反放縱の本山なる國際聯盟に、誰がやがて展かれる新しい世紀の倫理を感じるか。泥まみれになつて大地にねてゐるフランコ將軍の外人部隊のだらしなさの方が新しく生きる心にあふれてゐた。さて旅順の戰地と戰蹟はいく度くりかへされても新しい。その戰話は永遠に新しい。世界の戰史に再びないであらう。慘憺な精神の戰ひがくりかへされた地である。武器や戰術でなく精神が戰つたのである。この聖地を日本人の血と屍で埋めたのである。東鷄冠山北堡壘には今も、日本軍の掘つた坑道がみられる、彼我十數尺の間隙で對峙したといふ露軍の巨大な穹窖もその儘殘つてゐる。日本軍はつひにこの砲壘を陷いれた、それは驚くべきことである。人間の精神のなす極端をこゝに見ることだつた。この堡壘を攻擊した日本の兵士には、コンクリート建物の概念を知らないものさへあつた。さういふ時代の日本兵であつた。日本の風土にはコンクリート造など必要でなかつたからである。我々は再び平和の時代がきて木と紙の大都會の再現されることをユートピアとしてゐる。日本が木と紙の建物を作つてゐた平和の日を私は實に誇らしく思ふのである。住家は一樹の陰でよいからである。日本に壯大嚴格の建物が生れなかつたのは、日本の風土よく、日本人が趣きを愛し、日本國が平和だつたからである。

この北堡壘からみえる山麓數哩に亙る蜿々とした塹壕のさまには深い感激の限りである。この極端な精神の行爲はもう異常とより表現の方法のないものであらう。戰利品陳列所には當時の遺物が多い。それは今にして唐代の佛畫、漢代の銅器、宋代の繪畫と代りなく、我らを昂奮させ、又私らを感動させる。それらの戰蹟の物語は、個人の意志で描かれたものでなかつた、又個人の知性で行はれたものでなかつた。藝術の生產に共通した嚴肅で冷酷な靈氣が、人々の上におほひかぶさつてゐたのであらう。水師營の會見所にゆくと、あの小學唱歌の棗が今も殘つてゐる。戰時中こゝには赤十字旗が上つてゐた。我々の入る土間には、當時重りあつて重傷者たちがうめいてゐたさうである。水師營の部落で、露軍の攻擊から殘されたのは、この赤十字旗の立つた民家一つきりだつたといふ話である。爾靈山へも上つた。こゝからは港內も市街も、陣地一帶の盆地も一眺の下にある。その一眺の低地はかつて我らの民族の同胞の鐵血でぬらされ、屍で埋められたのである。それは今にして眺めてさへ人間業とは思はれない。こゝ爾靈山に陣歿したものはなべて七千五百と稱される。鐵血覆山山形改と歌はれた如く、爾靈山の山と山との中間の低地は日本軍の死屍でもりあがり山形を改めたさうである。山のかたへは黑い日本兵で覆れ、こちらは黃色の露兵でつゝまれた、今の山さへ草木もはえない禿山である。まことに靈で造られた山であつた。北支蒙古からの歸途三十年の昔、四十年の古の戰場にその悲壯の詩を訪ふことはまことに感激の深いものがあつた。この山もこの河も、すべての人間の靈で變形されたのである。物質が戰術を變革するなら、さうして物質が歷史と人間を變革するなら、人間の心と精神の靈も亦歷史を變革するであらう。この聖地の事實は、すべての人に思はれる必要がある。北支の運命と工作をとく人に、その發想の豫備として、この聖地の儼然としたかつての現實は、つねに新しくされねばならぬと思ふのである。

奉天に於て、さうして大連に於て、私はいまはしい事實の少しをきいたことを悲しむ。大連を船出する少しまへにも遺憾な事件が大連に起つたさうである。しかし我らの民族の宿命的な今日の動きに對し、つひに私は希望を感じつゞけた。大陸は我らの古い傳への理念のまへに今展かれてゐるのである。

我らの近しい世の聖業の跡は、我らの希望と確信を強化する。私は往路朝鮮を通りつゝ、文祿慶長役の降倭の代表の如く傳説されてゐる慕夏堂の遺文集を興味ふかくよんだのである、今日一二の降倭的なものがゐたといふことは、悲痛の恥辱であるが、それは今日の若い新しい倫理の母胎の責任でないといふことが私に確信されるのである。

今日の青年を中樞軸にした日本の精神と裝備の強固さは、世界史に比を見ず、我國史にも稀有である。旅順の聖地に於て、見聞してきた土地のことを思ひその感を新らしくし、はからず強い感激にうたれたのである。今日本の民族は大いなる光榮と希望に祝福されてゐる。

感想

先月の一日に出かけて、この月十二日、神戸港へ歸つてきた、始めの豫定より延びた旅だつた。その代りにゆく先も始めの豫定より多くなつた。これはよいことであつた。始め朝鮮から滿洲に出て、天津北京にゆき、北京から張家口大同へ出たついでと、一足延して綏遠（厚和）包頭まで行つてきた。こゝらは蒙古である。その歸りに、北京より汽車で熱河承德に出たから、古北口も通り、困難も多かつたが今にすれば大へん有意義だつた。人にも多くあつたし、物にも多くふれた。

しかし歸つてから私は漠然とつかれて何も手につかないさまである。旅中の便りを卽座にした、めるには、私の行程はあまりきびしすぎた。私は疲れた日には風呂に入るのさへ大儀だつた。今もなほ無意識につかれてゐるらしい。云ひたいことや見聞にわたることどもでかきたいことは山ほどもあるが、着手のきつかけが見あたらず努力の思ひが減退した。そのうち日を數へて手がけようと約束する位のことである。

私はつかれてゐたけれど、敬虔な精神を己に自覺する機會を充分にもつことが出來た。

これは求めてえがたいことである。それは邪教の神でも、路傍の道祖神でもよい、一つの石ころに合掌禮拜する現世の心である。それが昇華したとき藝術の心となるかもしれない。云はば墮落のイロニーである。私にとつてそれは墮落と又は頽廢と同意語である。

支那へゆき、私は人間精神の段階の實相を知つたのかもしれない。當代のヒユマニズムなどもう私には關心の外へ出た。新しい世紀のヒユマニズム——その英雄と詩人の考へ方だけが、こゝ東洋の新世紀の天地でまさに實現されつゝある。

私は何かの挨拶をかく必要を感じつゝそれさへまだしない。私は今大へん疲れてゐると云つて、その實は一切の好意に報ずる道を怠けてゐるのである。

歸つてきて大阪の町でやはり日本のなつかしさを思つた。ネオンサインをなくした大阪の町の夜は大へんよい感じだつた。大阪には町の匂ひがある。もののくさるときの一種の匂ひである。この匂ひは北京には北京のものがあつた。綏遠や包頭のは砂のわびしさだつた。大同や張家口にはないのである。しかし古い方の京城にはやはり町の匂ひがある。さて、東京には鐵と煙の匂ひしかないといふのは、東京の下町を除いての話である。奉天の日本人街、大連の町、こゝも同じ匂ひである。これらはすべて植民地の匂ひである。

蒙古の方から歸つてきたとき、北京の町の夜十一時だつたが、町は起きてゐるし、光が多くて明々し、人々の歩いてゐるのが大へんうれしく、じつにほつとした。その上北京の町の匂ひが鼻をつく。この匂ひはやはり物のくさるときの一種の匂ひである。北京へついたときには知らず、北京へ歸つてきてそれを知つた。

日本人が今世紀の使命として今まさに何をしてゐるか。私は北京で失望し、蒙古に行つて救はれる思ひがした。そんなけふの運命の動きを、むしろ風景の描寫として私はかきたいのである。それは私が疲れてゐるからであらう。しかし私は由來疲勞困憊を愛してゐたのである。

五十日ほどの間私は今日の文壇のことを一つも考へなかつた。一行も考へず一行もよまなかつた。それでもよいと思つた。それかといつて何を考へたのでもない。ただ放縱な敬虔さの中にゐる自己を發見してゐたのみである。戰爭の行ふ罪惡とか功績とかいふ、あの例の面からものを考へる我々のむかしなつかしい修身的な思考から、私は完全に逸脱してゐる己をも亦確認した。この己はまことに新しい世紀であると祕かに考へてゐたこともあつた。

旅立ちのまへに、私は支那人の人間性を知らうとして、水滸傳をよみ魯迅の全集をよむつもりだつたが、旅立ちの心いそがしさに、それは兩方とも完了せず半ばですててしまつた。旅中はただ漠然と朝々の新聞紙をよむだけでせい一杯であつた。それさへ大方よみ忘れがちのさまである。數日おくれてくる內地新聞はたよりないからでもあつた。

ただ歸りに船中で、備へつけの本の中から「秋山好古」といふ部厚な秋山將軍の傳記書と、滿洲國皇帝陛下の訪日日錄で林出氏の著になるものの二部を通讀した。兩書共に世のつねの賣文作品に見られぬ面白さがあつた。よく〳〵閑暇と疲勞に困憊してゐる人に、一讀をおす、めしてもよいと、これは祕かに語ることに屬する。雙方ともに私には大へんに興味あつたことである。

秋山将軍は日本騎兵の父と云はれてゐる。秋山一家のことは、私には新しい傳記作者を誘惑する魅力をふくむものと、かつてより考へてゐたことでもあるが、この機會にいよ〳〵それが明らかになつた。海の秋山将軍の生涯も興味あることである。これは典型的な新しい日の日本の生んだ將軍の二つの型であらうし、もし秋山一家といへば、そこに小説心理學的作爲が活潑に運用しうると思ふのである。

乃木大將を尊敬する人はさておき、大將に嫌惡の情をいさゝかでも感ずる人々が、秋山將軍から入門して、我が日本の大衆の心情の創造する偶像的なものの人工過程を味到することはいやしくも文藝文化をかたるものにとつて必要である。

その秋山將軍は、奉天戰ごろ日本の將軍たちの間にロシヤ軍に勸降狀を送ることが流行したとき、一人敢然としてそれをしなかつた。將軍の精神によれば敵も亦武士である。戰場の武士に對する禮儀は人道的休戰でもなく勸降でもなく、全體を虐殺するか虐殺されるかであるとし、武士に對し降伏を勸告することは、失禮として嫌つたものであらう。

戰爭を墮落させるものはたゞ戰士である。今日偏境にゐる日本の軍人はつひに戰爭の精神を墮落させなかつた。これは誇るべき傳統の今日の光りである。私はむしろ内地を顧み、その大衆に非ざる指導者を思つて、寒心した。

日光雑感

昨年の夏日光で暮してから、日光が好きになつて、今年も日光にきてゐる。そのまへも何回か日光にきたが、いはば私は日光の否定を云ふ方であつた。しかし昨年の一夏をこゝで暮して、宮のあちこちや、山や川原を、毎日見歩いてゐるうちに、次第に感想が異つてきた。三代廟への道の左手を上つて天海の廟所にある二、三の石佛など、かなりていねいに参詣した人々でも見おとすことであらう。さういふ好事のことは別としても、毎日々々東照宮を見てゐるうちに、そのよいところが次第に眼についてきた。桃山藝術の大仰のよさは日光にも大いに發揮されてゐる。それは祕かに心にしまつて樂しむための藝術でないといふことは、今も以前も變りなく感じる。

さういふ藝術のイデオロギーに對し、より古い古典期の藝術は、かへつて公開藝術に於てさへ、私室的要素が多い。多くの宗教藝術を考へてみるとよいと思ふ。示威的藝術に對し、一つの私室的藝術が成立するのは當然である。わが古典期の藝術に於ては、その莊嚴雄大な大藝術にさへ、私室的要素が多分にあつた。それには大衆的な宗教の祕事も原因としてあつたのであらう。又一面では我國に於ける佛教のあり方からきたものであらう。しかしさういふ理窟は今いふことではない。私は昨年の夏毎日見てゐるうちに、日光の宮建築にいろ〳〵の美點と感心を發見したのである。

ところが今年私は機會があつて、朝鮮から遠く蒙疆熱河を一巡してきた。慶州も扶餘も京城も平壤も、さうして江西へも行つて、それから北京、萬壽山、雲崗、綏遠、熱河と一巡りしてくる間に、東洋の近世の大建築を大體見本的に見ることが出來た。京城、奉天、北京の故宮や、萬壽山、熱河、綏遠などのもつてゐる建造はみな近世のものである。それと日光を私は自づと比較しうる好都合を得たわけである。こゝで一言つけ加へると、これだけを短時日に巡るなら、平生に寫眞で眺めるエキゾチズムから脱却できるやうだといふことである。さういふ日常生活のもつ世間的要素を退けて、見るものをみな、純粹に藝術として又は建造物として考へられた。外國に長くゐて、その地の藝術に多くふれた人が、日本びいきのやうな口吻を吐くのも同じやうなわけであらう。たくさんの作品をみる方がよいと私は思ふ。たくさんのものを見れば見る程に、學問的な共通點の發見や感覺的なエキゾチズムは濾過されて、本當の民族の個性がエキゾチズムの形でのこるであらう。唐代藝術の傳播を示す人文地理の圖を描いても、その廣い範圍の共通點より、私には各地の民族差と個性の方が濃厚に感じられる。そのとき、それはもう普通の類似點でも、エキゾチズムの形でもない。

今日はエキゾチズムで以て、我らの創造力を増進する日ではなくなつて了つたのである。

感覚的エキゾチズムを濾過して、それら以上の民族や個性にぢかに當れといふのが、日本的な主張である、と私は考へるのである。しかるに、地理的エキゾチズムに代つて、このごろでは物質へのエキゾチズムがさかんなやうである。もと〳〵エキゾチズムは無智に原因してゐた。

日光を一つの綜合的藝術として、たとへば萬壽山に比較する。又は熱河に比較する。既に今の私は日光を上位としてもよいと思ふのである。その藝術的構想からいへば、日光は萬壽山にまさつてゐる。しかし熱河のもつ廢墟の詩は日光にはない。熱河のあの明快な色彩鮮明なまゝの廢墟化は、その晴れた空の下で私を怖れさせた。それは扶餘にも慶州にも想像されぬことである。百五十年にも滿たない莊麗な大建築が、熱河では立つたまゝの形で頽れてゐるのである。そこにかもし出される大きい詩は、勿論日光にはない、我々の希望せぬものが熱河では日々に壯大な形で進行してゐる。それは我々に熱河がそのまゝある以上な詩を與へてくれるのである。何ものの手をまたずに、熱河は廢墟への歩みを急速度ですゝんでゐるのである。日光はこのやうな熱河に比較できない。今比較しうるものは、むかしにあつたまゝの熱河である。しかもそれは今はない熱河である。

日光の一つの長所は、あの桃山時代の頽廢面のみをイデーとしたやうな建造に於て、その末梢主義化したものが、なほいくらかの豪放さを殘してゐるといふことである。これは我々の心をひく何物かをもつてゐる。それには墮落した探幽位の意味がある。探幽ののちはもう狩野派は末梢主義の流派となつたのである。

しかし日光の大きい美點長所は、その建物の配置方法と、自然に對する關係の點である。その實例プランを萬壽山あたりに比較するだけの根氣を私はもたないが、みた眼の感じでは、日光は決して萬壽山に比して規模小ではない。あの地割の利用方法を設計した日光の棟梁は實に細い點にも心持のゆきわたる職人であつた。それは感心すべき天才である。それ以上に感嘆されることは、古の二荒神域の美觀を利用してつくりあげた建設が、實に二荒の全美觀に卽して、その要《かなめ》に定位したことである。

寫眞や、地圖や、平面圖では、このことは實證的に說明し得ない。これを熱河の自然利用法に——利用といふやうな語の使用を暫時認めて——比較したなら、日光は實に〳〵細心である。それは比較すべきもののない美觀の體系をもつ古の二荒神域が細心を要求するからであつた。それを了解し、その上に、ふさはしく作りあげるものは天才である。こゝで東照宮に於ては、あの壯大な杉竝木の大參道をも全體の構造から考へる必要がある。そののぼり切つた神橋から始つて、中禪寺への道、華嚴の瀧、明智平の眺望、それらも一望にかきあげる必要があつた。さうしてあの狹い山間の谷に、それらに對するに足る人工を建築せねばならなかつたのである。この山腹の一部分を宮居として選ぶことは、實に細心な造園術が必要であつた。土垣と土壇と石段道の組合せに、地盛りと、切開きによる、感覺の混亂の創造——この自然の美しさの中では、この人工は容易に成功し難い、しかもそれは自然に對し、人工を示威する目的をもち、(その目的は幕府の政治的要求に發したから、より以上に成功を必要としたのである) しかもその結果に於て成功してゐるのである。

この二荒神域の全體系の美觀は、まことに日本に有數のものであらう。しかもその體系に於て、日光は最も大きい要素としての位置を確保してゐるのである。

かういふ意圖をもつた建造は日本の過去にないのである。こゝで試みられた地形の變形は實に簡單なシステムである。しかもそれは數量的錯亂を視覺的に我々に與へるやうな、建築配置と竝行したものであつた。稻荷川と大谷川が激下して合流する地點にいだく臺地に、古の日光の全造營はあつた。稻荷川沿の僧院塔頭《たつちゆう》の類は今はほゞ變遷してその結構の全構成を見るすべがない、その川性を全く異にするこの二つの川の美觀を利用して山內を設備した考案も、自らに生れたばかりのものでないと思はれる。

その造園も建築も變形も、すべて周圍の自然から、割り出されたものである。その極彩色もこゝでは必要であつた。さういへば末梢主義の裝飾にも何かさういふ關心に對應するものが認められるのである。しかし德川期の繁瑣主義形式主義が成功したのでなくして、これは桃山の遺風がその裝飾主義の中に殘存してゐることを示すのである。さうして桃山の藝術論が、こゝで後世の我々に生かされたのである。桃山の生命の外劃は、日光によつて殘つたのである。それは桃山イデオロギーが自づと成功したものであらう。桃山に於て藝術は、雄大な浪曼的示威であつた。それは藝術といふ名目に卽せぬ位の造營の一種、政治の一種であつた。さうして政治が一大浪曼となつてゐたのである。豐太閤は政治に君臨しつゝ、同時に藝術の精神界に君臨した唯一の英雄であつた。さうして今日も日光に君臨してゐるのは東照大權現でなくして、豐國大明神である。あの細部にわたる裝飾主義が末梢主義からなほ脱却していくらかの豪放の氣にみちてゐるのは、桃山精神の殘存による以外の理由はない。

傳說の勝道上人時代から名勝の靈地だつた日光は、その美觀の風致によつて知られてゐた。しかも、こゝに東照宮を造營するとき、當時の宮大工の棟梁は、恐らく風習とした日本の造園美學にたよらなかつたのである。さういふイデーの變革が實に簡單に彼に感じられた。それは風景に從ふ日本主義でなくして、こゝでは人工を自然に對して建設する霸道の要求が大きかつた。勝道上人時代より千年に亙る日光ははじめて變形された。この全美觀を一つに藝術化することが、この人工の目的であつた。かういふ雄大な構想は誰が考へたか、云ふ迄もなく豐公の精神がなほ生きて殘つてゐたのである。この小さい造營が、實に雄大に見えるのは不思議な位である。

それは曠野の中にきづかれて周圍を睥睨する大陸的造營ではない。山麓を潔みたてられたわが國の建築には自づと別の、自然に對する人間の態度が藏されてゐた。大陸の曠野に於ては、一人の人間が鍬をあげて立つことが、雄大な睥睨である。私はそのことをこの度の旅行で痛感して、今までの感想を訂正したことであつた。しば〳〵私らはむしろその反對を感じて、日本の建造體系のイデーを卑下したことがないとは云へぬからである。この日光の如きも、名勝の山水をトして建てられたむしろ濃厚な人工である。こゝでは視覺的錯亂が要求される。建築は自づと色彩を中心とし、修飾主義のモテイヴとなる。この日光の景勝を要約してのべたものは、傳空海選文の「沙門勝道歷山水瑩玄珠碑幷序」を第一とするだらうが、この景勝に對する日光の建築は、その點では實に成功したものであつた。修飾の存分な使用と極彩色も成功である。こゝに於て日光建築の自己主張はまづ成功した、それはこの景勝の全體の中で、容易のことではない。しかも建造に當つて、老樹巨木を伐ることは一切許可されなかつた。さういふ自然への隨順の中で、一つの示威的大建造物を作り、それを以て自然に對せしめることは容易でなかつたと思はれる。

しかもこの建造のイデーは、普通の藝術のイメーヂと異るのである。さういふ大建造物は、もはや、我らの近代の藝術の感覺と異るのである。それらは全部が藝術の感覺で統一されてゐない。しかもなほ日光は、樹木を伐りはらつて地形を變更して始める、あの一般の帝國主義造營とは異るものである。西洋や支那に見るさういふ大造營（一つの國家の全體の表現）は、日本に於て見ない。しかし日光も一つの政治である。それがさらに純化されたなら國家といへるだらう。しかも今では東照宮の建築全體は、一箇の政治といふのが妥當である。この大工事は藝術で統一されず、「支配」で統一されてゐるのである。このとき藝術はさういふ支配の造型の一部の修飾となりきるか否か。これを云ふのに、私は舊來の人の考へ方で、政治と藝術の比例を云つてゐるのではない。日光に於てその細部に藝術が發見されるだらうか。同じ桃山期の智積院に於て、私らは藝術より以上に偉大な造營を發見し、それを大藝術と呼んだのである。しかもなほ私は日光を日光山美觀全體系の中で、藝術的成功といひたい。しかるに日光は孤立して藝術か——こゝで抽象的に孤立させることの不可をいふべきではない。私はことばを弄ぶために、假定の實驗を試みてみる。現在の我國はさういふ大藝術の精神と方法を一切の方面に緊急としてゐるのである。日本の浪曼的、世界史的時期を表現する造型を、實に必要としてゐるのである。その大衆動員の舞臺裝置も天才的藝術家を要求してゐる。さういふ天才の出現の如何によつて、日本の時期はいくらか左右されるとさへ思はれる。十世紀から十一世紀に亙る日本の時代藝術を裝置した大藝術家惠心僧都や、十二世紀末期の大衆動員の倫理と樣式の組織者であつた英雄頼朝の如き大天才を要求してゐるのである。さうして今日の日本は、一切の藝術を裝飾部分に活用するやうな大造營を必要としてゐるのである。今は個々の家庭や市民生活から藝術を再び國家の全體として囘收する時期である。藝術が支配に還り再組される日である。それは大藝術家の支配を必要とする日である。

日光の造營工作は、まことに日本的である。こゝでは傳來技術はすべて天才的な綜合プランの中で使用され、朝鮮の鐘も復興期式の和蘭陀の燭臺も巧みに利用されてゐるのである。さうしてゐてその構想は日本的であつた。まことに桃山期は大なる時代だつた。今日本の作らねばならぬ浪曼的大藝術、——その綜合的な舞臺裝置も人と自然と藝術の綜合としての一大造營である。私は日本の日光を、近世の支那朝鮮の造營と比較し得たことを欣幸としたのである。

しかし日光そのものへの感想にかへるなら、この大藝術の精神は、すでに今日の日本の規模からいへばうらさびてゐる。今日の我らは既に天海廟の石佛の二、三に感じ入つたりする程である。しかしすでに他の桃山の大構造の遺構を見る方法のない今日、日光の深緑の巨木の中にかがやく色彩の藝術は一概に不可として拒み得ない。しかしさういふプランの形式的復興だけでは、もう今日の浪曼的大藝術の方法と方向に對しては何ともならないことである。日光は徳川氏のモニユメンタールとして作られた。その費用は今の金に測定して、總經費二千萬圓から三千萬圓位かといはれる。しかし、これは造園を別とし、建坪割にすれば、坪二萬圓から二十萬圓にならうかとのことである。勿論これは圓が金なる意味に於てである。この經費はこゝに殘るモニユメンタールのためには決して過大でない。大造營の意味からいへば、この費用は天才を證明する程に僅少である。一切の藝術を動員して、これに匹敵する如き大造營をいとなむことは、今日でもなかなかに不可能である。藝術の概念で日光を見るとき、我々は失望するだらう。そのとき、一歩進んでモニユメンタールを意味する構造を考へる必要がある。近代の崇嚴無比な大造營たる明治神宮は、まことに畏き極みであるが、あの大建造にさらに蜀を望む意見をいへば、その西洋の加味の部分によつて、少しの餘剩を行つてゐる。具體的にいへば繪畫館一帶はもつと極端に近代であるか、一層に古典的であるかがよい。今集團勤勞の精神によつて橿原の宮居が擴張されてゐる。しかしこの古典的造營に對應し、今日の日本を象徴する如きモニユメンタールをやがて必要とする日がくるであらう。それは忠靈塔樣式ではもう小さい。卽ちあらゆる美術の傾向が今日生存してゐるが、それにその日の生存の歡喜を與へるやうな大樣式が生れねばならないのである。それは明日否定され殲滅されるべきものにさへも、一定の場所を與へる。一切の傾向のイデーにその價値の段階を具體的に與へるのである。さうして次の世には頂上のものだけが榮えてゆく。

日光は今莫大の費用を以て遅々と修理をつづけてゐる。しかし我々には、傷んでものさびたさまもなつかしいのである。さうして日光では、三神庫が竝び一つの棟が側面をみせてゐるところが美しい。それは拜殿のやうにはすゝぼけてゐない、美しい色のまゝでもの古りてゐる。北京の天壇は大平原を睥睨するモニユメンタールである。しかし日光はつゝましく山びを潔みつくられた美觀である。モニユメンタールに色彩の浪費を試みたのは、古代の民族のつねである。しかし、日本の古代人だけが、未開の蠻民さへ使用する顏料を拒絕して、彼らの崇嚴なモニユメンタールを白木で建設したのである。恐らく日本人は神の統治に對し最も從順にして且つ不屈な民である。さういふ歷史的日本人を考へて、私は新しいモニユメンタールを作る天才に希望をもつてゐる。私は今日もう展覽會の藝術に希望しない。ナポレオンの生んだ精神の終焉を、この近代の父なる大英雄を敬愛する故に希望するのである。

戰爭と文學

戰爭の結果文學はどう變化するであらうか、といふことを、私らはしば〳〵文藝時論の課題として與へられたのである。さういふ見透しや豫想を誰が興味をもつたのか、私にはつひにわからないまゝで歲月を過ごした。さういふ豫想が大方私の關心の外にあつたからである。しかし戰爭が起るだらうか、起らぬだらうかといふ怖ろしい不安の瞬間を我々はつひに經驗しなかつた。昨今、九月二十日前後數週間のヨーロッパ人の不安の如きは、我らの心理の垣の外のものである。少くとも我々は國運を賭さねばならぬといふ意識を、引金をひく豫前に、川を渡る豫前に知らなかつた。我らの戰爭は今日の歐洲のものでない。さういふ歷史的經驗はない。歷史的な警鐘の代りに、我らのこの度の偉大と光榮の歷史的時期を描く第一章は、依然として、書紀のあの社會の變革に向ふ時の古代的な又は神話的な不安の敍述のやうに、或ひは平家物語のやうに、又は太平記のやうに始められねばならない。この驚嘆すべき傳統の自然主義を、日本の現下の戰爭文學者は、彼らの旨とするリアリズムの中に生かせることを忘却してはならない。私はさう信じねばならないのである。

今日の日本の文學者に課せられる課題は、戰爭の結果文學はどう變化するか、といふことである。といふことは、專ら日本の最近の無比に堅實に勝利と文化の倫理へ歩みつゝある國柄を示す一例として、海外に放送する必要がある。日本は占領より占領後の文化問題ばかり考へてゐるのだ。しかしその放送には、軍部や外務省の代辯者の註釋は御免蒙らう。殘念ながら彼らの表現は——この偉大な日本の日を完備に表現してゐるとまだ云へない。その表現法には、大陸を支配する統治の藝術がなくして、たゞ舊來の陋習のやうに私には思はれる。

尤も、かゝる課題を文學者に與へる「日本」が、或ひは「文學者」を輕蔑してゐるのだらうか。「日本」が文學者に求めることは、すでになつかしい境涯のものとなつてゐるのか。

さて以前には將來文學の動向といふ問合せが、私には實につまらぬこと、思はれた。さういふ時期が——かういふ形でつゞいてゐたのだ。私は最近に歐洲の事情の具體化などを見るにつけて、このやうな問題を文學者に提出する餘裕をもつ「日本」——その範圍の廣さは知らない——は、最近の私の如く、形はちがつてもあざやかな浪曼的目標を描いてゐたのだと思はれるやうになつた。私は最近にその問が了解された。それは同時に我々の兵士と日本の偉大さが、明確になつてきたからである。

この世紀の偉大な事期に描かれる日本の戰爭文學は、恐らく勝利の經過の一行さへ誌さぬであらう、といふことを私は信念したのである。それは戰爭を一行も描かないで成立するであらうといふ意味でもある。――この抽象的に極限化した意味は、リアリズム文學の表現の根據を變革するものである。さうして文學はさういふ形で偉大な變革に表現される。敗戰と自己虐待を表現する文學は敗戰國が描く。我らの文學は、事變を踏む表現をとるだらう。無慚な敗戰記には詩がある。我々はさういふ詩とも訣別しない。しかし今日の日の悲觀論には訣別する。今日日本の知識層にあまねくゆきわたつてゐる悲觀論の根據こそ、大正文學の思考であり發想であつた。その悲觀論は事實の反映より、大むね發想の產物である。悲觀も樂觀も客觀的事實でない、客觀的事實は戰爭の勝利である、精神にとつてこれほど優越し、又雄大なことがらはないのである。

明快にしてむしろ虛無に近い勝利の歌は、主に大衆と英雄の愛好するものである。又無一物なデカダンは英雄もしば〳〵行爲し、大衆の愛好するものである。さうして檢閱官僚の儀軌主義は大率大衆に對する教育とならない。國家權力は作家を慴服するだらう、しかしそのさきに作家は、日本の國民に慴服したのである。通俗作家たちが多く從軍作家となつたのは最近の事實である。しかし彼ら通俗作家たちを選んだ實質上の責任者が、讀者の多い作家をとつたのは次の意味で間違ひでない。彼らの讀者たる大衆が、むしろ日本の大衆と軍隊の行軍の精神を魂できく作家を從軍にからねばならぬやうにしたのである。かうして日本の倫理生活と浪曼生活をたゞ〳〵墮落させることをのみ目的とした作家たちが、飜然と改心させられたことは、まづ彼らにとつて有意義であつた。

今日の課題としての、將來の文學の動向といふことは、戰勝者の表現を問ふ以外にないのである。この既定の事實を云々するのではない、戰勝の表現とは、卽ち昨日の文學表現を變革するものである。さうしてさういふ問題の提出を、私はやうやく昨今に肯定したにすぎない。この肯定の經過と過程は一寸語りにくい。

新しい文學は崖のはづれで表現されねばならぬのである。――私は我らの國民文學の最高の傑作なる平家物語をこゝで追想する、私は昨年の夏、上海の號外をきゝつゝ、この國民古典の評論をかいてゐた、私はそれが、世界の中での戰爭文學であり、社會文學であることをのべて全篇の不安と悲調の底に又は裏に、あの偉大な英雄にして時代の最後の指導者だつた源賴朝が描かれずしてあらはれてくるさまをのべたのである――さて、崖のはづれで歌ふことは敗戰記の作者には描かれないだらう、彼らは、もしリアリズムであればある程に、日本の步調をうつしてくれるだらう。だからその方法で我々はこちらの文學を描き得ないのだ、――はつきりいへば敗けた敵や味方の消極面を描いて「ヒユマニズム」をうつす手はもう古い。そんなヒユマニズムには依然とした戰場の少女小說があるにすぎない。支那人の立場にも自分を置いて考へようとするやうな文學はけふは人間の理想の敵である。支那を上手にかいてあるといふやうな同情感をおもはせるやうな文學は――ヒユマニズムといふのだ、――もういけないのである。我々はもつと嚴肅な價値と倫理と精神への戰ひと上昇の決意と態度を强ひられてゐる。しかしまだ今日の「日本」を誰もようか、ゝぬのである。敗走を中心としたり、又は苦難を敎へる文學で競爭すれば、恐らく文學戰線では、日本のすべての作家は、支那の兵士の手紙にまけるだらう。（これは讀者を世界の舞臺にとつたときである）勿論日本人は優越感でそれを愛するかもしれない。さういふ優越感は口にせぬ政治のものだ。しかもその優越感を展望する勝利の文學がないとき、日本はむしろ悲慘である。我々に必要なものは積極の表現である。しかも日本で積極の表現の指導者はまだない、現文壇には勿論ある筈もないが、明治の天心でも、けふに於ては決してそのまゝのむきで、指導者とはいへない。もし古の時代にさがすならば、聖徳太子であり、光明皇后であり、道長である。近古に於て、最も偉大な豊臣秀吉が一人存在する。ここに時代人は、積極の表現者が如何にして、かの深刻な消極面を突破したかを知りうる。しばしば私は心娯しくない日が多いけれど、さういふ日にさへ、日本に必ず生れてくる人物を考へる。こゝを通つて連綿とした日本は未來に展開してゆく。

勝利者の苦難には自づと敗戰の苦難と異なるものがあらう。さらにけふの苦難は日露の役のそれとも異なるものがあらう。日本は偉大になつたのだ。私は歐洲人の興行する偉大な取引に驚嘆しない。日本の今日の文學には、あの白人文明の秩序訂正の大芝居に似たものは不用である。歐洲で秩序訂正を試みてゐる日、我が日本はその秩序の變革に向つて行進してゐるのである。四つの國の偉大な指導者たちが試みる會議の論理は、結果をまつまでもなく、新日本の精神的障壁である、我々は白人種が世界を體制づけた體系の論理と戰つてゐる民族である。文學革命はやはりこの線に沿ふ。まづ發想と論理の變革である。蔣介石のみでなくつひに支那人も亦我々の敵である。

しかし私は文學に、戰爭と文學の變化を語れといふ課題を提出する、その「日本」に信頼する。その「日本」は、國民への豫告なくして戰爭を始めた國である。國民は眼ざめた朝に戰爭に驚いたのだ。この戰爭への確信は文學に反映してもよい。私はそれを希望する。我々は戰勝のみを考へる戰爭に當面してゐる。しかしながら我々はまだ歴史上のかゝる事期を表現する言葉を知らない。今日日本では實に大切な言葉を濫費しすぎる。ひそかにしまつておくべき言葉を濫費する。これは報導部一般の缺點である。それは豐富な語彙の活用とはいへない、亂用である。軍報導部さへ、雄大な皇軍の勝利を云ふまへに他を顧みて云ひすぎる傾向がある。恐らくこれは時代一般の影響通弊が、我らの國軍の一部にさへ殘るものといふべきであらう。朗々たる勝利の賦が大へん乏しい。

歐洲の秩序が統一され、白人の植民地事情が統制されたとき、歐洲人は崖の下をみる理論と思考法と發想を組織したのである。しかし日本は今崖のはづれに立つて、しかも上をのぞむ時期である。我々は崖の下の淵を警戒しなくともよい。私はあへてさう思ふ。大陸を支配するものは雄大な樂天家でなくてはならない。さうして今日は又雄大な信念の樂天家の文學が必要である。危惧と不安の文學は、あの去る年の七月の砲彈がふきはらつたと考へることが必要である。さういふ文學のためには、まづ表現を變革する必要がある。近代文學——諸々の天才と多くの時日をへて作りあげられた近代文學の、發想も表現も、もう變革に當面してゐる。一切の皮肉を喜ぶ發想は、一切の不安を展く發想は、さうして廢止されねばならない。近代文學の眼は、美しいものをすなほに見ても、それをすなほに表現せぬ。むしろ美を己が鬱憤を展く手段としたのである。一つの發想は條件と否定づきで表現されたのである。——私は巷にうられる通俗文章を云々してゐない。人を教へる文章を、天才が變貌するだらうことを語つたのである。私はさういふ氣がするのである。屈托でのべられる表現の代りに、一つでひたむきの一つを云ふ文章、たとへば武者小路實篤とか、倉田百三とか、中河與一とか、林房雄とか、かういふ人々の文章が、こゝから再び出發を新しくしてゆくのである。

戰爭文章異見

軍の報導部の發表を見て感じることだが、その表現法が、陸海軍で非常に異る。それを考へると私には戰爭の文章についての斷定を少しためらふのである。どう異るかといふことは、人の見るところである。たとへば「麥と兵隊」の跋の高橋少佐の文章をよんでみる。これは內容的名文である。私には己の職分のために文藝批評的臭氣はよくわかる。この短い文章には、大方の文壇でいはれてきた戰爭文學論始末がすつかりかゝれてゐるのだ。これを私は名文だと思ふ。しかし今後かういふ文章は必要ないと思ふ。武人は、鏖殺す江南十萬の兵と歌ふだけでよい、又は單于夜に遁走すと吟ずればよい。今日の日本の求める表現は、さういふ大なる日の歌であつて、我々が近來弄してきた近代文學的表現でないのだ。近代文學的表現はすべて顧みて語るていの文章である、己の屈托をひらき、鬱憤をのべる表現である。我々の時代はさういふ屈托した自己への回歸を揚棄せねばならない。我々は條件つき文章に訣別する。私はさう思ふのである。

けふの軍の報導文には、やはり外形の名文を意企したものが多い、しかしそれは日本の傳統を追ふ表現をしてゐるともいへないし、又日本の近代の表現法とその發想を變革した大模大様の表現法かといへば、さうもいへないのである。今日本の精神の最も尖鋭な現れは皇軍兵士の行爲が表現してゐることは云ふ迄もないが、國軍の報導部の表現が、かういふ事情下にいまだしいといふことは、これは精神だけで解決できないところの、文學の難しさである。陸海軍でその報導文が一寸異るのは恐らくその戰闘行爲の差で、脚で行進する者としからぬものとの違でもあらうか。きつと歩いてゐるうちに多くのことを考へるのであらう。すべての兵士にそれの表現は不可能である。さうして多くの兵士はそれを毎日毎日忘れてゆくのであらう。その表現のまへに忘れたことはきつと多いだらう、その代りにそれらの多くを血肉化して了ふものと私は思ふ。將來文學の變革者となるものは、この忘れられたもの、抽象的回顧であらうと考へられる。そして一切の他への關心を濾化した醇乎とした美しさだけが、後日の回顧の中に生きてくると思ふのである。私はこの美しいものを希望する。これは數年十年のちにあらはれることであらう。それが始めて戰爭を寫す文學である。眞の戰爭と兵士の至情をうつす文學である。國の内外に、人種を超越して感動を與へる戰勝の文學である。如何に日常に辛苦してゐるかをいふより、如何に雄大な希望を生き、如何に辛苦を耐へて日常としたかを示す文學である。回想の美しさは、辛苦を忘れ、その日の大きい希望を正當の大きさで生かすだらう。我らの國の民族の神典も亦、神々の神話に於ては苦錬を娯しみとして、水火の中で生きられた神々によつて作られた、この國を教へるのである。敗戰記や苦闘記は描き易いのである。戰勝の表現は描きにくい、しかし我戰爭文章の最大偉篇は、書紀天武天皇の章である。これは我々に日本文學への希望を教へる。

恐らく高橋少佐は若い文化人のやうな文章をかいた。武人の文章に、むしろ空白に化したやうな遠征の詩の壯大の響をよむをつねとした私は少々驚いたのである。

近古に於て武人にして詩人であつたのは、甲越の二雄である。近代では、海舟、希典らである。この時秀吉はもつと大藝術の指導者である。私はこの秀吉を希望する。秀吉風の人物は恐らく大陸を背景にするとき、乾隆帝に匹敵するやうな大藝術を創造し、人類文明を廣さに於て裕かにするであらう。我らは深耕の代りに遠耕を必要とする。これは少々以前と異る態度である。我々は天心を一歩前に進んで發言できる日にきたのである。その廣さと高さに、日本の固有の深さを加へませうといはない、私は廣さ高さだけを考へるとき、自づからに深さはあらはれると信じる。私は日本精神だから深さをもつてゆけと云ふ必要はないと思ふ。私はもつと日本精神のあらはれ方を信頼してゐる。

私は軍人の文章に近代文脈を見て、やはり近代文學の有力さに驚いたのである。私は今文學者が國家に奉ずべき任務の必要を關心すること切實である。劍をとるまへに文學者は筆をとる必要が切實にある。古い武人の耿々の氣韻で貫かれた音調の朗々とした文章が、斬新の粧をもつことは不可能であらうか。

近代文學の文章へ我々は變革を行爲する前夜にある。我々も亦、生活力をもつ文章へ、大きい浪曼的遠征を始めたのである。秋成以來の近代文脈の嫡子は、この時代に於て、我々今日の浪曼派に繼承される。彼ら代々の天才が、その眼でみて直率に語り得なかつたものを直率に語る義務は我々にある。すでに發想の形式として、怖ろしい樂天的文章でよいと私は信じる。一つの信念の直露でよいと思ふ。この時代の文章契約の變更を强ひる文章である。それは又舊來の自由主義や左翼などと異る內容を云つてゐるだけではない。すでにこれらに於てはその發想が異るのである。

大陸と文學

蒙古の原野は砂漠であるが、美しい花のさく草原である。私はほんの入口を眺めただけであるが、旅行者の報告が同じことをつげてゐる。私の行つた初夏には、黄と白と紫の花が咲き、みな原色で高山の花の色をしてゐた。一等高い高山の植物と一等低い海べの花が、同じ草花としての形式をもつてゐるといふことを、やがて私はある植物學者に教へられた。それはともに水氣の少なく、空氣の稀薄な（？）場所のゆゑであらうか。空氣の稀薄さは勿論文學的表現にすぎない。

さて曠野のもつイメーヂを造型したならば、戰爭と大造營の二つだらうか、新京の町を見て驚くことは、あの原野に次々に立つてゆく大ビルヂングのイメーヂだといつた。しかし北支蒙古の南畫的風景の中には、南畫の人物のやうに一人二人の人間しか歩いてゐない。汽車で二時間走つて一人の人間を見つけるとき、旅人である我々は心ゆたかになつたやうな思ひがした。しかしこの原野を進軍する軍團と共に一歩づつ耕してゆく農民があるのだ。私はここにして初めて農の意志力を、あちこちの大造營と同じ程に感じた。この大陸に極端な强力政權と共に、同時に農の無政府思想の起つたことに、何か合點できるものを私は感じた。この自然に面して一歩一歩耕してゆく力は、强力政權が他民族や被壓民衆に對して振ふ力にあまり劣らぬものであらうか、そんな感傷を——逃避といふ形式のもつ不屈不逞さをやはり私は代々の支那文人の如く味つたのである。

しかし日本が大陸に日本の精神を樹立し、その光榮を世界と歴史に享受する日に私はそれに對應する一つの大造營を必要とすると思ふ。それは將來の大藝術が必要だといふ意味である。偉大な舞臺、偉大な裝置、偉大なせりふ、さういふものの綜合樣式が必要である。我々の藝術の歴史の學問では、樣式史といふやうなものは成立するだらう。しかしそれは實に微弱の據點しか保持しない。支那には樣式の歴史、もしくば變化さへない。所有者の變化があつて、形式の變革は少ない。さうして今の支那文化は、乾隆趣味のモザイクにすぎぬ。私は當分の間は、私室的なものを加味した大藝術などいふ尤もな云ひ方はしないこととする。とりあへず、あの曠原を制壓する恐ろしいやうな、ときには空虛に親近した大藝術が欲しい。大藝術とは、荒廢せぬ熱河の如きものである。我等の近代の藝術感を一寸はぐらかせるやうなものである。一つの國家民族の全體の露骨な表現だ、一つの修飾主義だ、個人の家庭生活を私室的に裕かにすることは第二とした昂奮狀態の集約である。

さういふ大藝術を私は全體の表現と呼ばう。我國史で數へるならば、天平と桃山といふべきところである。それは、一つの民族の、歴史の、血統の、國家の、生命と理念と希望と精神が集成され、集注されて一つの感覺に表現されることである。偉大な開花は、その時の若者の肩にかかる。我々も亦さういふ全體の表現を藝術に高めた光輝の歴史を持つてゐるのである。その一つ、桃山時代の心をうけた日光造營を、私は先日語つた。大陸はさういふ全體の表現を要求する。しかし全體の表現を日本人がとつた場合、ローマや支那の帝國主義の行つた全體の表現としての大藝術と異るといふことをそのとき注意したのである。日本の大藝術のイデーにはつねに一荒神域を極端に細心に利用した精神や、或ひは「東の山びをきよみ」と歌はれた東大寺造營の藝術的イデーに見るやうな、自然美への謙遜さが根柢してゐるのである。

しかし私は今は虚な空にひびく行進の調べのみでもよいと思ふ。一樹の下にやどりを思ふもののあはれのみでは難事、ましてそれの加味といへば見當もない大きい困難である。曠野と大陸にあふ様式を發見するために支那の様式を研究しても能がない。地形を變形することを理想とし、樹木を濫伐することを情熱し、利用する民族は、その非倫のゆゑにつよいのである。我らの敵は、自國民を敵より殘忍に扱つた、彼らは江河堤をひらいて百萬の自國民を虐殺したのである。ナポレオンさへモスコーを焼き拂つたロシヤ人に破れた。我らの二つの敵である民族は、自國民を敵國民より殘忍に扱ふことに熟練した民族である。だから彼らは曠野の中に建設する精神に非常にすぐれてゐる。ダルニー時代の建設に加へられたものは、滿洲事變後のアパートである。私はそれを悲觀しない。しかし壯大なモニユメントを希望しうる。

物語に於てさへ、水滸傳を源氏物語に比較してみるがよい。日本の土着民は、大藝術の名手ではない。しかし私は日本の古來の大藝術のイデー——近世に於ては豐臣秀吉に指導され、或ひは後水尾院に敎へられた、大藝術を今作りうるとも思はない。一人の秀吉が出現したとき、細々としたたつきのために繪本などを彩つてゐた大和繪師が、近世世界の大藝術を生んだやうに、さういふ可能性はもう我々の國に出來てゐるのだ。戰爭を疑ふのもよい、戰果をあやぶむのもよい、それらのことは、私はまだ寛大に許せると思ふ。私は蒙古の兵士と多く會つて、それだけの樂觀と餘裕を日本に感じた。あの大戰爭をなしつゝ我々は大都會の喫茶店を歩き酒場にゆけるのだ。この戰爭が例へ無償に終つても、日本は世界史を劃する大遠征をなしたのだ。蒙古を流れる黄河に立つたとき、私は初めて、日本の大陸政策の世界歴史に於ける位置を感じた。かういふ浪曼主義は、何人かの世界史を變革した英雄が獨自の狂氣の宗教か藝術で行つたことに屬してゐる。しかし日本では民族と軍隊が行つたのである。思想としての立場からは、今戰爭が無償に終る時を空想しても、實に雄大なロマンチシズムである。ドイツの成功したときのチエコ問題に對する巧みさと、同一發想で考へてはならない。日本の場合は利益損失で戰つたのでない。日本は聖戰と云つてゐる。領土的野心はないと云つてゐる。問題は思想であり理想である。今は詩人の歌ふときである。誰かこの現地のイデーを造型し、壯大なモニユメンタルを、文字でうちたてないか。

行軍をかいた敍事詩も生れた。部隊でなく軍團の動きもうつされた。それは文學に大陸が出てきたのだ。しかしまだ新日本の平家物語も、太平記でもないだらう。私はさういふことをまへにかいた。天武紀の壬申亂の敍述の雄大の文章を昔の日本人がかき、その壯大の訓讀をつけた人が近世にあつたのだ。しかしかういふ云ひ方で私は決して悲觀してゐない、好望の手は多い。さうして國家權力――日本ではそれは、一切の民族の倫理の美しさと考へられる――が、一度發動したとき、すべての文士はそれに志願したのだ。このことを私は心から欣んでゐる。彼らも亦我々の如く、自己自身を知る一段階に達した。

風土としてのみの大陸を象徴する文學は恐らくつまらぬであらうと私は思ふ。そこにあるべき文學は、うつろに怖ろしい響の高なりか、ないし大唐人の遠征の詩集である。大唐人の遠征詩集以後、漢人は大陸の文學のよりどころを失つた。大唐以降、漢人が世界文化を大陸に於て支配影響した日はない。それをしたものは蒙古人なる世祖であり、滿洲人なる康煕乾隆二帝である。漢人の天子として始めて蒙古砂漠を横ぎつて親征の軍をすゝめた明の永樂帝の偉業は天壇であつた。天壇と遠征詩集と、これを天壇か遠征詩集か、といへば少し語弊を感じる。驚くべき喪失、と芳賀檀は以前に天壇を語つた。

戰爭の日の個人、戰ひにゆく個人を描いた文學は寡聞にしてまだ知らない。恐らくそれは以前の個人主義と發想を異にして生れ出るだらう。曠野の花のやうに、異る感傷と驚異と日常を織りまぜるだらう。そし現地報告は、古典日本文學の天才の血統をうけて、一行も戰爭の政治を描かず、一行の慷慨の議論をのべず、しかも事件の心情風景を底にたたへて、深い叡智と情緒と思想をただよはせた浪曼派文學となるであらう。そのとき日本人の描く大陸の文學は未曾有な珠玉を大陸文學史に加へるだらう。それはけふの人々の云ふのとは異つた客観性をもち、又ちがふ冷静さから描かれるだらう。そこには日本の近代文學が失つて了つた眞に美しいものを見る眼と、それをそのまま表現する素樸の純情をもつだらう。この謙讓と美徳の文學は、大陸の行旅、征戰の與へるロマンチシズムの一つである。そのとき一部の人々は、「西部戰線」のヒユマニズムと個人とが、「ルーマニア日記」のそれと異ることをよく了解するだらう。これら二つの名作は、さきの大戰に於ける個人を中心にかいたものだが、その發想の全然な異り、深さのちがひはもつと注目に價ひする。ルーマニア日記が百倍ほど傑作であると私は信ずる。

大陸――それは地圖の上の滿蒙支以外でない――の出現は、文學鑑別法、批評的分類學をまつさきに變革する。念のためにいへば大陸とは、地形でも風土でもない(地理學的現象でない)、けふの大陸はあの皇軍の大陸として、嚴たる一つであり、それゆゑ象徴の浪曼主義である。それは新しい未來に展ける理想主義の混沌の母胎である。卽ち、文學の母胎としての大陸はこの混沌の面である。

〈解説〉

龍山のD氏、周作人、その他

谷崎昭男

遠く遥かな蒙疆を指して保田與重郎が家族らの見送りをうけて大阪駅を発つたのは、昭和十三年五月二日の朝である。折から激しい降雨で、そのなかを神戸駅で佐藤春夫と佐藤龍児が同車し、下関から関釜連絡船金剛丸で翌朝釜山に上陸、それから一ヶ月の余に及ぶ旅の日を送り、帰路は六月九日、大連から大阪商航うすりい丸に乗船して同月十二日の朝方に神戸港に着いてゐる。旅にある間、保田が婚約中の柏原典子へ書き送つた手紙が合せて二十四通のこされてゐるのは、以前に「イロニア」(第十二号)に掲載されたところで、旅程の「蒙疆」本文には云つてゐない部分も、それによつてほぼ正確に辿ることができる。途中北京滞在中に佐藤春夫が病気で入院する事故があり、大同に向ふときは佐藤龍児との二人だけとなつたが、再び北京に戻つた後は佐藤春夫も行程をまた同じくしたもののやうである。

さういふ資格がなければ、危険な前線にまで赴くのは、むろんできないことであつた。佐藤春夫は文藝春秋社の特派員として、保田については、「コギト」第七十二号（昭和十三年五月発行）の肥下恒夫による「編輯後記」に「コギト発行所特派員となつて行く」と記されてゐるのは、そのとほりだつたとしても、戦地旅行の許可書が下りたのは、新日本文化の会の機関誌「新日本」の特派員としてであつたと考へるのが妥当と思はれるのは、「コギト」は一般の同人雑誌の列を出ないものだつたからである。佐藤春夫に保田與重郎も編輯委員に加はつた「新日本」の創刊は、この年の一月で、新日本文化の会が設立されたのは、前年の昭和十二年七月のこととする。

蒙疆の旅に三人が行を共にするに至つたいきさつを、私は知らない。ただ、すでにその日の保田與重郎において、佐藤春夫は「日本のもつ最大の詩人」とされてゐる。余事ながら、先頃たまたま私は「拝呈／佐藤春夫先生／昭和十四年十月／保田與重郎」と墨書された献辞が見返しにある思潮社版「後鳥羽院」を古書肆を通して得た。手にすると、保田の佐藤春夫への親炙の度を改めて確かめ得たやうな心持になる他愛ない読者の心理はそれとして、師表とも仰ぐひとと相携へて大陸の新しい現実を見て廻る。そのことに保田が一箇の意義を見出してゐたことは、想像に難くない。詩人のしたこのときの旅の意味を、保田は別に「佐藤春夫」

の「事變と文學者」の章に綴つてゐる。そこでの保田與重郎があくまで同行者として終始してゐるのは、「蒙疆」におけるのと異つてゐる点であるが、同行することで何人かの人物に会する機会に恵まれたのは、それだけで旅の収穫と云つていいものであつた。

京城大学図書館で「李朝図録」を披いてゐる部屋に教授の安倍能成が入つてくる。「朝鮮の印象」の末尾に見える記事である。その場で交された会話までは録されてゐないが、安倍能成に対して、保田は少くとも悪い感情を抱かなかつた。書きぶりから、さう読みとれることであるが、京城ではまた元京城府尹の伊達四雄を訪ねてゐることが知られるのは、伊達邸で撮したその折の写真が保存されてゐたことによる。佐藤龍児が所持してゐたもので、「保田與重郎全集」第十巻の口絵に掲げられてゐる一葉には、床の間に軸がかかつた暗い室内に、保田が伊達と覚しい和服姿の人物と隣り合つて卓を前にして坐り、保田に並んで佐藤春夫、その横に佐藤龍児が写つてゐる。春夫の小説「環境」にヤイとして登場する佐藤龍児は、その時分にはもう竹田姓である。歴史学を専攻したひとの性でもあつたらうか、一種の収集癖があつたのを、周囲がときに悪意のない笑ひの種としてゐたのは、私の懐しい記憶であるが、その癖のお蔭で貴重な資料が失はれなかつたのは、この例ひとつに止まらない。「蒙疆」一巻のなかに各地の写真が挿まれてゐるのは、多く佐藤龍児の撮影にかかるとは、慶応義塾大学教授を退任する前後の竹田氏からの直話である。
「慶州まで」に「龍山のD氏の私邸の二階からみた京城の夜景の美しさ」とある「D氏」は、今案ずるに、伊達四雄であらう。保田與重郎が実名をあげなかつたことに、格別の仔細はあるまいが、それにしても元京城府尹伊達四雄とはどういふひとか。私はつい竹田氏にそれを訊かずじまひで、どんな機縁で三人が伊達邸の客となつたのかを詳らかにしないままでゐたところ、事情の一端が、はからずも会津八一の書簡によつて明らかになつた次第を述べておくのは、私の論攷のいはば余瀝に属する。

　会津八一の書簡をあつめた一本に、植田重雄編著「秋艸道人会津八一書簡集」（恒文社刊）がある。道人が相許した学生時代からの友である伊達俊光宛のものを主要に収め、それのみで二二〇通に上つてゐることにも愕くが、伊達四雄は四人兄弟の長兄俊光の次弟に当ること、そして四雄には会津八一も面識があつたことを、書簡を通覧するなかで知つたのである。書簡集から窺へるところでは、伊達四雄が朝鮮総督府に転出するのは大正十年の八月から九月の交で、赴任に際して伊丹で催された送別の宴に会津八一も請じられるとともに、その間清記をすすめてゐた「南都詠草」を呈して栄転に対する祝意を表してゐる。遠来の三人の旅客を迎へて、秋艸道人から贈られた一巻を伊達四雄は示しなどしなかつたらうかと、件の写真に見入つては、そんなことを私は想つてゐるのであるが、さて兄弟の伊達家は紀州の新宮藩の医家であつたと云へば、佐藤春夫が京城で伊達四雄をたづねて行つたその背景にあるものは、自から分明である。周知のやうに、佐藤家も代々その地方で医を業とし、春夫は父豊太郎が開業してゐた新宮に生れ育つてゐるから、伊達兄弟のうちの四雄のことも、かねて教へられてゐたに相違ない。京城で伊達邸を訪問することには、まだ健在だつた先考の指示があるいはあつたとも考へ得るが、いづれにしても旅程表のなかに予定として始めから書き込まれてゐたひとつとすれば、それは旅が充分な準備と計画とを以て行はれたことを一斑において また物語る。

朝鮮を経て、一行が五月十四日の夜晩く北京に到着したことは「北京」に記されてゐるとほりで、それから十日程をそこに過すうち、佐藤春夫が入院するのは、柏原典子に宛てた保田の旅信によると、滞在も終らうとする五月二十三日のことである。「私らは北京滞在中の一日、あの蘆溝橋を訪れた。」と「北京」に云つてゐるのは、「蘆溝橋畔に立ちて歌へる」の詩篇が春夫にある、そのときのことで、保田與重郎と、保田の大阪高等学校の同期生で当時同地にあつた竹内好、それに留学中の神谷正男らが随つたのは、前日の二十二日だから、病気は突然だつたやうであるが、それよりさき、佐藤春夫とは旧知の周作人の他、文人十数人との会合が市内でもたれたのに保田與重郎も同席したのは、二十日の夜である。専ら竹内好の仲介したところとして、この会合のことにふれてゐるのは「佐藤春夫」であるが、これも事前に保田から竹内好に周旋方を依頼することがなければ、容易にそのやうには運ばなかつたものであらう。

五月二十二日の会合に出向くまで、事変が起つて以来一年近く周作人は門を鎖してゐたと云ふ。「佐藤氏が初めて周氏をひき出したといふわけになる。」保田は「佐藤春夫」にさう書いて、そこに「殆ど誰にも知られないやうな、佐藤氏の北京に於ける影響」を説くとき、旅は俄かに時局色を帯びた趣きを呈するが、他方で、さういふ詩人、文学者の存在を、利用価値において利用するといふ政府や軍部の考へ方に保田與重郎が批判的な立場を貫いたのは、その作品がとほり一遍の「文学と政治」論による批判を越えて、今日にまで読み継がれて久しい最も大きな理由に他ならない。二十二日の会合について、さらに保田は述べてゐる。「かゝる日の北京に會することは、感慨に深いものがあつた。周氏がたとひ文學的会合として、又ひそかな外出としたとしても、初めて日本の文人にあふことは、忖度するになみ〳〵のことでないと思ふ。周氏の心を展いたものは、佐藤氏の詩人であつたゞらう、さうして周氏のひらけた心は、又追蹤者を相当につよい形でつくるものであらう。」

保田與重郎がここで周作人を語つて鄭重なのは、佐藤春夫の文人としての業績への信頼をそのひとにおいて見る上からは、しかるべきことであり、さうしてそれが戦争の行方を微妙に左右しないものでもないといふ意味で、いくばくかの希望を周作人の行動に託してゐるふうである。だが、翻つて「蒙疆」についてみると、周作人に関する一行の言及もないのは、本書の企図するものがそれを必要としなかつたのかといふ点は措き、その空の碧さのあざやかさは称嘆に価しても、「一般に私は北京で、文化の絶望を味はねばならなかつた」(「北京」)と云つてゐる口吻に、周作人をはじめとする文人たちに対する保田の期待は、むしろ些少だつたやうな感を私は受けるのである。

それはしかし、保田が周作人を認めなかつた訳でもなければ、もとより「佐藤春夫」が曲筆を弄してゐるといふのでもない。さうしたことと並べて云ふには、北京の街を後にしてやがて眼にする蒙疆の風景は、あまりに雄荘で宏漠だつたといふことであり、それが若い保田與重郎をどんなふうに揺さぶつたかを、われわれはここに具さに読む。佐藤春夫の作つた「満洲皇帝旗に捧ぐる曲」は、後に「蘭の花」と改題されてゐるものであるが、「惨風悲雨に培はれ/人に知られぬ谷かげに/恨を秘めし幾春秋」と一篇に歌はれてゐるところを保田與重郎はよく散文に描いたと、そのやうに云つてよければ、もう徒らな解説など退屈で不用であらう。さういふ日をその後は今日まで持たなかつたことを幸とするか、もしくは不幸と観じるかは別のこととして、「蒙疆」は一時代の日本が体した気宇の文章による造型として、もつとものびやかで美しいもののひとつであると揚言することを私は躊はない。

保田與重郎文庫 10 蒙疆
二〇〇〇年七月 八 日 第一刷発行
二〇一三年六月二〇日 第二刷発行
著者 保田與重郎／発行者 中川栄次／発行所 株式会社新学社 〒六〇七—八五〇一 京都市山科区東野中井ノ上町一一—三九 TEL〇七五—五八一—六一六三
印刷＝東京印書館／編集協力＝風日舎
 ISBN 978-4-7868-0031-3